冰心儿童图书奖获奖作家作品

飞进屋里的蝴蝶

郁葱 著

获奖作家独特的文学视野
长季节绵长的青涩与甘甜

中国书籍出版社
China Book Press

图书在版编目（CIP）数据

飞进屋里的蝴蝶/郁葱著.—北京：中国书籍出版社，2018.3
ISBN 978-7-5068-6808-2

Ⅰ.①飞… Ⅱ.①郁… Ⅲ.①小小说—小说集—中国—当代 Ⅳ.①I247.82

中国版本图书馆CIP数据核字（2018）第062742号

飞进屋里的蝴蝶

郁 葱 著

丛书策划	牛 超 蓝文书华
责任编辑	牛 超
责任印制	孙马飞 马 芝
封面设计	欧阳永华
出版发行	中国书籍出版社
地 址	北京市丰台区三路居路97号（邮编：100073）
电 话	（010）52257143（总编室） （010）52257140（发行部）
电子出箱	eo@chinabp.com.cn
经 销	全国新华书店
印 刷	北京一步飞印刷有限公司
开 本	710毫米×1000毫米 1/16
字 数	230千字
印 张	12
版 次	2018年6月第1版 2018年6月第1次印刷
书 号	ISBN 978-7-5068-6808-2
定 价	32.00元

版权所有 翻印必究

目录
CONTENTS

特别的生日礼物……………………………………………… 001

飞进屋里的蝴蝶……………………………………………… 005

与生命赛跑…………………………………………………… 008

甜蜜的咸咖啡………………………………………………… 010

圣诞礼物……………………………………………………… 012

她，他和"她"………………………………………………… 015

钻石耳环……………………………………………………… 018

并非童话的婚姻……………………………………………… 021

樱桃树………………………………………………………… 024

重返天堂……………………………………………………… 029

等待爱人……………………………………………………… 032

钻石鼻钉……………………………………………………… 034

幻　灭………………………………………………………… 037

日出时的相会………………………………………………… 041

不朽的爱……………………………………………………… 044

变　迁………………………………………………………… 046

盲目的爱……………………………………………………… 049

妈妈的忠告…………………………………………………… 053

帕尼玛………………………………………………………… 055

上帝之赐……………………………………………………… 058

代孕妈妈…………………………………………… 062

感恩的乞丐…………………………………………… 064

世上最好的饺子……………………………………… 067

爱不应该有条件……………………………………… 070

双重欺骗……………………………………………… 072

破碎的心……………………………………………… 074

出生即别……………………………………………… 077

他连墙都看不见……………………………………… 079

邻　　座……………………………………………… 081

误车之后……………………………………………… 084

女士手包……………………………………………… 086

知恩图报……………………………………………… 090

布姆巴与盲姑娘……………………………………… 092

默默无闻的相助……………………………………… 095

朋　　友……………………………………………… 098

搭错车………………………………………………… 100

隔壁病房的帅小伙…………………………………… 103

瘸腿小狗……………………………………………… 106

列车上的邂逅………………………………………… 108

车为媒………………………………………………… 112

酒吧邂逅……………………………………………… 116

邂逅莫莉……………………………………………… 118

风雨中又见他………………………………………… 122

咖啡馆里的美丽邂逅………………………………… 125

回家路上……………………………………………… 128

邂逅···130

勇敢的冒险者···132

"当然不"先生··135

杂货商与鹦鹉···140

一个女人的告别信···143

我是小偷··145

梦中情人··149

神像的报应···152

老货郎···155

老房子···158

书的魅力··162

寻求心灵的安宁···165

初　秋···166

查齐的葬礼···168

命　运···171

蓦地，他和她四目相对··174

不速之客··178

爱情是盲目的···181

卖报老人··184

良心发现··186

神秘的乘客···189

情缘了结··191

骄傲的美小鸭···193

海龟与猴子···195

特别的生日礼物

那天早上，阿尔琼像往常一样被收音机定时的七点新闻闹醒。他一只手关掉收音机上的定时钮，另一只手则去摸与他同床共枕长达二十七年的妻子玛洛比。摸着空空的枕头，他这才想起妻子出差了。当收音机再响起时，他不得不起来自己去准备早餐。

玛洛比此刻正在佛罗里达州的奥兰多，她早就起来了，但她怕打扰丈夫阿尔琼休息，一直等到七点才拨通家里的电话，因为今天是他的生日。对每对夫妻来说，对方的生日总是很特别的日子。然而，她今天却远在外地，不能与丈夫一起庆贺他的生日，她感到很是遗憾。好在今天晚上她就可以回家了。

就在收音机第二次响起之前，电话响了。阿尔琼在电话响第二声时拿起话筒，"祝你生日快乐！"电话另一端唱道。

"谢谢你，亲爱的，谢谢你，我已经醒了。你还好吗？你什么时候回来？"所有的话一下都涌到阿尔琼的嘴边。

"我一切都好，我已经起来一会儿了。在我见第一个客户之前，我想先给你打个电话。我乘坐的航班7：28到菲尼克斯，所以我8：30就可到家了。你要是怕忘记的话，电脑旁边有一份我的旅程。记着给药店打电话催他们送药，你的药明天就该吃完了。还有，请到巴托利洗衣店把我们干洗的衣服取回来。回家后，我与你一起到外面吃晚饭。"

"啊，太好了！"他说，"我一直想去昌德尔大街上新开的巴西餐馆品尝一下那里饭菜的味道呢，那我们今天就去。"

他们又聊了一些无关紧要的事情才挂断电话。

玛洛比最后还提醒他别忘了按时吃药，因为她仍然认为他什么都不能自理。今天是阿尔琼的五十三岁生日，他心想，又离退休近了一年。退休以后，他和玛洛比就可以一起做他们想做的任何事情了——旅游、写书，玛洛比一直想回印度呆上一年半载。他起床，刷牙，开始了新的一天。他们在旧金山住校读书的女儿希卡随时都会来电话祝贺他的生日。

这一天，他就像往常一样，吃过早饭之后就把药服了，然后给瓦尔格林药店打电话，让他们再给送些药来，因为他的心脏随时都会出问题。医生说他需要做心脏移植手术，而且越早越好，他已经在全国心脏移植登记名录上等待了两年。他的病情属于二类，所以可以待在家里，但他每天都随身带着呼机，因为很快就该轮到他得到新的心脏了。每天都有很多人死于各种疾病，可为什么没有人愿意把自己的心脏捐献出来呢？人死后是不再需要器官的！很久以前，在一个要好的朋友因肾脏衰竭而死亡后，他和玛洛比就签约死后将器官捐献出来。

就在他要出门时，希卡的电话来了。每次接到女儿的电话他都非常高兴，女儿是个很优秀的姑娘，正在大学学医，女儿是他的骄傲和快乐。

上午的出行很顺利，没有遇到任何麻烦，或许是因为心情好的缘故——毕竟今天是他的生日。整个一天，他的心情都非常好。中午，他到外面与同事共进午餐。

下午快三点时，医生办公室的一名护士来电话，说他们得到一个好消息——有心脏了，如果他方便的话，今天晚上他们就可以给他做移植手术。

当然方便。这不是方便不方便的事情，他需要移植手术。他很是高兴，终于等到心脏了。

他告诉护士，他马上就可以去医院。

护士告诉他，心脏正在送来的路上，他必须到德塞尔乐善好施医院办理入住手续，以便他们开始做手术准备。他挂断电话，赶紧给玛洛比打电话，可她的手机关机，她可能正在回家的路上。于是他给她留了一条短信："玛洛比，你一定不会相信，我得到了最好的生日礼物。医生办公室来电话说，他们为我找到了一个心脏，并马上要做移植手术。晚上吃饭的事只好取消了，我们以后再吃。你回来直接去医院，我们医院见。"

然后，阿尔琼又给最要好的朋友沙姆打了个电话，二十八年前他们研究生毕业来到这个国家时就认识了。他把他要手术的事告诉了沙姆，并说马上就去医院，请他去机场接玛洛比到医院，因为他要在医院里至少住十天。

沙姆坚持放下工作陪阿尔琼去医院。阿尔琼住进医院之后，医院就为他开始做各种化验和手术前的准备工作，现在只等着心脏送到后就进手术室了。

沙姆一直陪伴在阿尔琼的身边。晚上七点，阿尔琼让沙姆去机场接玛洛比。玛洛比乘坐的来自奥兰多的航班7：28到达。沙姆打电话询问航班是否正点到达。但却被告知航班晚点四十分钟。

没办法，只好等待。得知阿尔琼要做心脏移植手术的消息之后，沙姆的妻子兰加纳和其他好几个朋友也都急忙赶到医院。

阿尔琼突然想起来，他还没有给女儿希卡打电话。他让沙姆告诉希卡，其实沙姆已经给希卡打过电话，她明天上午就到。

晚上7：45，护士来说，心脏已经到了，正在送往医院的路上。沙姆也已去机场接玛洛比了。

手术很成功。此刻，阿尔琼正呆在手术后的特别病房。他的情况很好，他的身体对新心脏没有任何排斥，真是奇迹。

阿尔琼慢慢开始从手术的麻醉中醒过来，他睁开眼，感到嘴很干。

护士走到他跟前，问他需要什么。"是，水和我的妻子。"他艰难地用嘶哑的声音说。

护士给他拿来一些冰沙，并把沙姆给他带来了。

他用质问的眼光看着沙姆，"玛洛比在哪里？"

"玛洛比还没到,她很快就会到,你现在应该好好休息。"

"医生说手术很成功。祝贺你!"沙姆说。护士让沙姆离开,因为阿尔琼需要休息。

两个星期之后,阿尔琼回到家里。他的心脏手术恢复得很好,但他却闷闷不乐。希卡已经返校一个月了,家里没有玛洛比,显得很空。

玛洛比再也没有从佛罗里达回来,实际上,她已经部分回来。就在玛洛比去机场的路上,不幸遭遇车祸。一辆快速行驶的小轿车迎面与她相撞,她严重受伤。她被紧急送往医院,但已经无法抢救,她的大脑彻底受损。医院从她的驾驶执照上得知,她是器官捐献者。

于是,医院把她的器官留了下来。阿尔琼正好是等待移植心脏名单的下一个——死者的血型等情况正好与他相匹配。所以,心脏便给阿尔琼送来。

当阿尔琼得知他移植的心脏就是自己亲爱的妻子的心脏时,悲痛欲绝。他怎么也没有想到,妻子会一去不返!阿尔琼坐在椅子上看着窗外,不由得想起了三十年前他们在加尔各答大学一起学习的日子。

他们恋爱刚开始,就赶上他的生日。

她问他:"生日想要什么?"

"我想要你的心。"他回答。

他还记得她在听到这句话时羞怯地笑着转头看着地上的样子。她是多么漂亮,多么可爱!

想到这里,眼泪不由得从他眼里流了下来。

飞进屋里的蝴蝶

"妈妈,我回来了。"放学一进家门我就喊道。通常,妈妈会马上答话,并敦促我去洗澡、吃饭,然后做作业。然而,这一天——1961年3月14日——家里却一反常态,一片寂静。

我走进全家共用的卧室,只见妈妈正坐在她的梳妆台前默默地流泪。见我进来,她抬起头,说:"你姐姐今天早上死了。"我只是站在那里,不知道说什么好。那时我只有十岁,对死没有任何概念。

当我看到卧室角落里小桌上放着的姐姐伊丽莎白的书包时,我才对妈妈的反常有所意识。矩形棕色硬壳书包好像在等待它的主人来认领,我跪下,轻轻地抚摸着书包,试图感觉姐姐的存在。我不由得打开书包。

书包里的一切都放置得非常整齐——练习本放一边,课本放另一边,铅笔盒置于其间,里面还有那天早上她去学校时扎的黑色塑料头带。

我取出几本她的练习本。当我一页一页地翻看她的英语练习本时,我看到上面有几个"好"和"很好"的评语。再看她的数学练习本,却看不到英语练习本上那样的评语,显然数学是她的弱项。书包里还有一本名为《急救》的英文教科书,书的右上角有一个蓝色的污点——这是有一次我无意中给溅上的墨水。

我仔细地把练习本和课本原样放回书包,生怕姐姐知道我动了她的东西会不高兴。

那天晚上，我站在阳台上，看着我们楼对面车站一辆辆进站的公交车，希望看到姐姐能从任何一辆车上下来，但终究没有看到。

"她回来了吗？"我不停地问妈妈，"她为什么不回来？她为什么要死？"妈妈对我不停的询问难以作答。

大约晚上九点左右，一只黑色蝴蝶飞进我们家的厨房。它在厨房里飞了一会儿后，落在了墙的高处。"不要赶走它。"妈妈说。

当我上床睡觉时，蝴蝶仍待在那里，可第二天早上，它却不在了。只有在这时，我才想起两天前发生的事情。

两天前的那天晚上，我像往常一样注视着姐姐每天放学乘坐的2路公共汽车。车开过去了好几辆，可就是不见姐姐的身影，我开始担心。终于，就在街灯亮起来时，我看到姐姐从一辆车上下来。

我急忙跑向门口，因为姐姐有时会给我买糖果回来。但那天晚上她没有给我带回糖果，因为她没有时间去买。她向我解释说，她忘记做第二天要交的美术作业了，她必须赶紧回家完成。

洗完澡吃过饭，姐姐就在我们的圆形饭桌边坐下，准备开始画画。屋里不太亮的灯光把她的影子投在地上，我走到桌子跟前看她要干什么。"不要把颜料弄洒了。"她提醒我。

姐姐将一张矩形绘画纸分成十二等份，并在每张小纸上用粗黑线条画上同样的蝴蝶，每只蝴蝶都是弯弯的触角和三角形的翅膀，翅膀上还画有斜线条和小圆点。她让我帮她在每张纸的背景处涂上颜色，于是，我把每张纸一一涂成粉红色和黄色，等我们完成任务时，天已经很晚。

姐姐去世那天，我想起了飞进我们家的那只蝴蝶，它看上去就和姐姐画的那些蝴蝶一模一样。

每天早上，姐姐很早就要赶车去学校。她走时，我通常还在熟睡。但在她去世的那天，不知什么原因，我五点半就醒了。我走出房间，发现她匆匆忙忙正准备去上学。那天早上，她连早饭都没有来得及吃完。

我们楼里的楼道非常暗，我开着门，以便让我们家的灯光照着她走下楼梯。她离开时大约是六点钟。

"再见，弟弟。"就在她转身离去时，她朝我挥手道。

我怎么也没有想到，这就是她对我说的最后一句话。我仍然记得她走下楼梯时我看她后背的最后那一眼，她穿着蓝色的校服，一只手提着书包，一只手挥舞着快速跑下楼梯。

那年，她只有十四岁。

几年之后，我得知我的这个姐姐实际上是收养的。这倒没有关系，实际上，我感到我们之间的关系就像亲姐弟一样。几十年来，我一直不知道她的死因，当时，我只是被告知她被发现时躺在学校的厕所里，已无法挽救。然而，只是在最近，我才得到一份她的死亡证明，上面说她死于脑出血。

我相信当年飞进我们家的那只蝴蝶，一定就是姐姐在走向另一世界之前，回来向我们作最后的道别。有一天，我也会走这条路，我终究还会见到她。

与生命赛跑

他与其他参赛者一同站在起跑线上，准备跑百米赛。这不是一个什么大的比赛，只是一个地方赛，而且获胜者奖金不多。不寻常的是他的年龄，他至少比其他参赛者年长三十岁。

"想拿奖吗，大伯？"其中一个参赛者讥讽地问。

"不想。"他笑着回答道。

"那你参加比赛干吗？"

"想与你们年轻人比比看我能跑多快。"他回答道。

"我们可是经过训练的选手呀。"

"我知道，"他说，"正是这样才有意思呢。"

发令者发出准备号令，紧接着哨子吹响，参赛者冲出起跑线。他马上发现所有选手都比他跑得快。

"没关系，"他对自己说，"总有人是最后一个，如果是我，那也没关系，但我要尽可能缩短与他们的距离。"于是他加快步伐，但由于体力透支，他感到身体失去控制，顿觉眼前一黑，差点儿摔倒。但几乎在同时，他又恢复了体力。他发现自己脚下快步如飞，他自己都不知道哪儿来这么大劲。

他从两眼的余光发现，自己在一个一个地超过其他选手，在离终点线五米远的地方，他跑在最前面。他到达终点张开双臂时，甚至都没有感到碰到拉线，还在一个劲地往前继续跑。当他停下脚步回到终点线时，人们惊奇地发现他并没有累得上气不接下气。

他以为，毫无疑问他应该是受关注的中心，但没人朝他投注过多目光。相反，每个人都把目光投向躺在跑道上的一个选手身上。

"请往后站站，"一个来自人群中的声音说，"快给他做人工呼吸。"很快，围观的人都自觉地走开，他这才看到刚才在人群中说话的那个人正在给躺在地上的选手做人工呼吸。经过一番努力后，那人停止做人工呼吸，在倒地选手的喉咙上试了下脉搏。然后，转向围观者，慢慢地摇了摇头："我想他已经不行了。"那人无可奈何地说。

他仔细地看了看躺在地上毫无知觉的选手，极力想从赛前他看到的选手中辨别出是哪一位，可他辨别不出。但面孔很熟悉，选手背心上印着的鲜红的"10"字，足以证明是一个有实力的选手。他立刻意识到，这是他已经熟悉几十年的一张面孔，"10"是他的幸运号，比赛前，他特意选了这个号。

甜蜜的咸咖啡

他是在一次聚会上认识她的。她相貌出众，妩媚动人。整个聚会期间，她几乎成为所有男士注意的目标。而他因为太普通，却没有引起任何人的注意。聚会结束时，他邀请她去喝咖啡。她感到非常惊讶，可她又不好拒绝他的一片好意，于是接受了他的邀请。

坐在一家安逸的咖啡馆里，他紧张得说不出话来，让她感到很不舒服。"救救我吧！"她心想："快让我回家吧！"

就在这时，他转向招待员说："能给我点儿盐吗？我要往咖啡里放。"咖啡馆里的人听到他要盐，感到非常诧异，都把眼光转向他。看到大家都在看他，他的脸一下子红了。但他将盐倒进杯子，用勺子搅了搅，端起来就喝。她好奇地问他："你怎么养成这样一个习惯？"

"我小时候住在海边，"他回答道，"喜欢在海水里玩耍，久而久之，我便喜欢上了海水的味道。现在，每当我喝咸咖啡，就会想起我的童年，想起我的家乡和我日夜思念的父母。"说到这里，他的眼睛被泪水模糊了。她被他的话深深地打动。

"这一定是他的内心独白，"她心想，"想家的人都忘不了自己的家人。"接着，她开始讲起她自己遥远的家乡，她的童年和家庭。这是一次真正的心灵沟通，就是通过这一次喝咖啡，他们开始了姻缘关系。

她发现他是一个真正符合她心意的男人：热情，善良，英俊。正如大多数爱情故事那样，他们结婚成家，生活幸福美满。在他们一起生活的日子里，每次给他准备咖啡，她都会往杯子里放点儿盐。

他们幸福地在一起生活了四十年之后，他去世了。后来，她在他的遗物中发现了一封写给她的信。信这样写道：

我最亲爱的：

请原谅我一生的谎言，这是我对你说的唯一假话——我喜欢喝咸咖啡！还记得我们第一次约会吗？我当时非常紧张，我本来是想要白糖的，可由于紧张，我要了盐！我怎么也没有想到，那就是我们美好姻缘的开始。

在我们一起幸福生活的日子里，我很多次想把真情告诉你，但最终都没有。我怕我们的家庭基础会被这个谎言所破坏。

现在，我就要离开人世了，我已没有什么可怕的了，我终于敢向你坦白真情。实际上，我一点儿都不喜欢咸咖啡，而且讨厌咸咖啡，它的味道太难喝了！可在你面前已经说出口的东西，我只好坚持，因为我不想让你认为我当时是在说谎。没想到，这一坚持就是几十年！

但我对此并不遗憾，因为我遇到了你这样一位美丽贤惠的妻子。如果现在让我再喝咸咖啡的话，我会高兴地一口气喝下一加仑，条件是由你温柔而深情的手为我端上。你是我一生幸福生活的唯一理由！

她的眼泪把整张信纸都湿透了。

一年之后的一天，当有人问起为什么她喜欢咸咖啡时，她回答道："因为它可以勾起我美好的回忆。"

圣诞礼物

去年圣诞节的时候，米歇尔小姐花四百卢比买了一棵圣诞树。今年，同样的树却要六百卢比才能买到。克里夫从远处看着米歇尔拿着圣诞树上了一辆出租车，他驾着他的轿车跟随着来到她在郊外租住的房子。为了暗中监视她，克里夫在米歇尔居住的路对面租下一套房子。他知道这样做不好，但他实在太爱她了。从第一次见到米歇尔的那一刻，他就深深地爱上了她，但他却是单相思。姑娘好像根本就不知道他的存在，她从未向他投去过眼光。于是，克里夫决定改变策略。

圣诞节前一周，米歇尔病倒了。病尽管不重，但却不得不卧床休息。在她的不知不觉中，克里夫为她做了许多——一天早上，米歇尔发现不知谁给她送来一托盘早餐，盘里有一大杯热茶、烤面包、黄油、果酱、煮鸡蛋，上面还有一张小纸条，纸条上写着："祝你早日康复！关心你的人。"午饭和晚饭，她得到同样的服务。

米歇尔莫名其妙。第二天，她把门锁换掉，但克里夫仍能进到她的家。米歇尔怀疑这套房子里藏着什么人，她害怕起来。她叫来警察，克里夫这才不得不停止为米歇尔做事。

克里夫总是对米歇尔感到好奇。有时候，他就站在她身边听她与商店的售货员讲话，她温柔的声音和甜美的笑声会长时间地在他耳边萦绕。他经常跟随她，有时距离近得几乎伸手就能够着她，而她却毫无知觉。

今天晚上，他决定向她表白，于是他打起精神来。他安慰自己，不要介意她会作何反应。他只知道自己必须勇敢，没有冒险，就不会有胜利。

米歇尔孤身一人，没有亲戚，没有朋友，像他一样，无依无靠。她黑黑的眼睛、深棕色的头发和白皙的皮肤，在他看来，她甚至比世界小姐还漂亮。

米歇尔长得亭亭玉立，楚楚动人。克里夫则是典型的英裔印度男子，体形粗犷，外观整洁，脸总是刮得干干净净，很有气质。

冬天的寒风吹拂着他的脸颊，他站在米歇尔任主管的装饰着圣诞节气氛的商店外面。他看着手表，一分一秒地数着时间，耐心地等她下班。他不顾寒风刺骨，看着一个个前来购买圣诞礼物的顾客从他身边走过。此刻已是晚上9点，商店很快就要关门。在他厚厚的大衣口袋里，他感到了金手镯的重量。

9点15分，商店准时打烊。米歇尔决定从边门离开回家。克里夫搓着手，不时地向手里哈气。她走出商店，以轻快的步伐穿过无人的街道，克里夫紧随其后。突然，他再次担心起来。要是——不，他不应该想最坏的事情，他不停地告诫自己。

她得体的装束配上长长的大衣，使她看上去就像是出自维多利亚书中的妇女。她的秀发像一条闪闪发亮的溪流，瀑布般地披散在肩上。她的鞋跟在铺过地面的路上发出"嗒嗒"的声响，就像优美的音乐直灌他的耳朵。一栋房子的顶层窗户里传出优美的圣诞音乐，又是圣诞节了！一年又过去了。然而，米歇尔还没和他说过一句话。圣诞老人会帮他赢得她吗？

汽车站空无一人，周围也没有出租汽车。克里夫今晚没有开他的车。当23路公共汽车进站时，车上很空。这意味着吉兆吗？这是天意吗？克里夫问自己。在他的印象中，加尔各答的任何一路公交车从未这么空过。

他在米歇尔后面的座位上坐下。她突然转头，朝他神秘地一笑，他的心脏剧烈跳动，她认出他来。他很紧张，该怎么办？

"巴尼斯小姐——我——"她阻止他。

"过去的一年，你为我做了那么多事情，"米歇尔说，"你处处都在保护我，你的一切表示我都注意到了。生活就像一块玻璃，只要你想看，你从哪面都可以看到。我想做你的朋友，克里夫。我不叫巴尼斯，而是叫米歇尔。不要问我是怎么知道你的名字的。"她笑了笑，接着说："我想送你一件很小的圣诞礼物。"说着，她从包里找出一块金表。"这是我爸爸的一块手表，他去世之前告诉我，将来送给一个尊重和爱我的男人，我觉得你值得拥有它。"

当克里夫伸手去接表时，他突然想起妈妈送给他的金手镯。他笑了——好像得到妈妈神灵的准许——他轻轻地将手伸进大衣口袋里，掏出妈妈留给他的金手镯，郑重地送给米歇尔。

她，他和"她"

那一天，斯韦塔心烦意乱，她根本没有想到丈夫拉吉夫会那样。

"他为什么会对我这样呢？"她哭着说。

"她"要回来，斯韦塔难以接受。

"你哭什么呢？我不是都告诉你了嘛，慢慢你会适应'她'并接受'她'的，一切都会好的。"拉吉夫态度坚决地说。他想让"她"回来，他渴望有"她"的陪伴。

斯韦塔嫁给拉吉夫已快一年。在这期间，拉吉夫一直对她很好。就在上周她生日那天，他们还度过了最愉快的一天。生日前一周，他还送给她一件漂亮的纱丽。

"我迫不及待想穿上它。"斯韦塔高兴地看着他说，"生日那天我们能到外面去度过吗？我要穿上这件漂亮的纱丽。"她脸上掩饰不住幸福的喜悦。

"当然可以，我很想看到你穿上这件纱丽的样子。"他不无浪漫地说。

可现在他是怎么了？他好像是在想念什么人。她能从他的脸上看出他的渴望，为什么会是这样？

第二天当她听到他与他的朋友维克拉姆的电话时，斯韦塔才知道是怎么回事。

"我非常想念'她',我想让'她'再回来……"他在电话里说。

斯韦塔仔细偷听着他与朋友的电话。

她所听到的是拉吉夫非常"爱"她,并思念"她"。

她眼里浸满了泪水。

"我怎么也放不下'她'。"他继续对朋友说,"'她'整整与我在一起生活了三年!在我与妻子享受幸福生活的时候,却把'她'遗弃,你说这公平吗?"他说。

"那他为什么娶我?他胆子怎么这么大?他与她有同居关系!"斯韦塔发怒,"骗子!他竟然向我隐瞒了这一情况!"在她的头脑中,她一直以为婚姻是挑战一切感情的牢固关系。所以,听到拉吉夫的电话后她很是震惊。

现在真相已经清楚,斯韦塔决定面对他。

"现在我知道了你的心思!"她说。

"可我怎么办呀?我对你是坦诚的。毕竟我们有了大房子,我挣钱也不少,足够让你和'她'生活舒适。你就不能作作让步,让我高兴!不要再反对了!你有时是很让我生气的。请理解我……"他耸了耸肩离去。

"他知道一个女人的感受吗?难道他不知道女人是不允许一个第三者出现在她与丈夫之间的吗?"或许,她对他的绝对信任是错误的。

不,她不能妥协,她认为。但在这个时候离开这里也太晚了。她父母离她很远,她不想让他们为她担心。她决定先与拉吉夫周旋,直到自己找到一个好的工作,能够自立再考虑离开。

此刻已是该做晚饭的时间,她默默地准备着晚饭。她现在在这个家的地位是什么?她该如何应对她的未来?"她"会来支配她吗?她不敢想下去。她一边机械地做着饭,一边极力阻止这些想法进到她的脑子里。她做好饭等着拉吉夫回来一起用餐,直等得她肚子咕噜咕噜直叫。

尽管拉吉夫在斯韦塔面前极力掩饰自己,可她还是看出了他的激动心情。他从没有想到他的所作所为对她是多大的伤害。

"你会为此受到惩罚的!"她自言自语地说。

他们的晚饭是在默默无语中结束的。吃完饭,他便去散步了。

斯韦塔洗刷完餐具就回卧室了。她听到拉吉夫回来后打开电视的声音,他怎么会如此冷静?他在与她的生活开玩笑!她对他开始冷淡。

她躺在床上,眼泪不住地往下流,好像整个世界都在与她过不去。她后来在哭泣中睡去,当她醒来时,已是黎明。

"拉吉夫哪里去了?我为什么为他在哪里担心?"斯韦塔想。

拉吉夫正坐在客厅里看报纸,她发现他面前的咖啡杯子是空的。

"看来他已经喝过咖啡了!"看她生气,拉吉夫那天自己倒了咖啡。当她起床从卧室走出来时,他连看都没看她。

她发现他已经穿着好,正准备出门。

"我现在要去带'她'来……"他一边说一边出门,还是没有看她。

"她来了我就走!"她决定。

但好奇心战胜了她,她很想看到"她"。

不一会儿,她就听到小车进来的声音。

她看到他打开车门,只见一只波美拉尼亚种小狗从车上跳下来!

她好奇地看着,只见他轻轻地关上车门,与那只小狗一起走进屋里。除了小狗,并没有其他人与他一起来!

她仍然目瞪口呆地注视着他。

"你想哪里去了?你以为我会领回一个女人来吗?你还记不记得在我们结婚前你厌恶狗?我不得不把'她'藏起一段时间,可我开始想'她'了。"他笑着对小狗说:"快向妈妈问好!"

"你真是讨厌!"她娇媚而又激动地尖叫道,"你昨天怎么不告诉我!"

"我要是告诉你我要把'她'带回来,你肯定不会同意的,所以我才不得不与你周旋……"

斯韦塔没有听他说话,而是在与"她"玩。

钻石耳环

我不是那种逛得起珠宝店的人，因为即便买一件最小的首饰，也得花很多钱。我是一名政府公务员，工资收入刚够维持家用，但现在我和妻子却正在走进城里一家最知名的珠宝店。我们结婚已二十年，虽然日子过得不富有，可生活还算幸福。我们有两个女儿——十九岁的拉克什米和十七岁的拉古。就是因为大女儿拉克什米，今天我们才来到珠宝店，可以说是第一次探察。你总不能随随便便就为女儿买一对钻石耳环吧，你得先到店里看看式样，谈谈价钱，或许还要请教几个朋友，再选择一个吉祥的日子，好好算算钱——得够一万五千卢比——然后正式带上妻子和女儿来珠宝店。但对我来说，唯一的难题是没有钱，没有任何多余的钱。

通过勤俭节约和精打细算，我们的收入才勉强度日。所以，我们怎么敢进珠宝店？可是拉克什米很快就要出嫁，男孩是我们的远房亲戚，刚从马德拉斯信息技术学院毕业。

我们现在急需一对钻石耳环。谁听说过一个印度南方的婚礼上新娘没有钻石耳环？我妻子对此并不担心。"把我的钻石耳环卖掉，"她说，"我现在不需要了，我要把它们送给拉克什米，可式样太老了，我们应该给女儿买对时髦点儿的。"然而，只有我知道，妻子的耳环不是真钻石——它们是仿制品。

我和妻子的婚姻是自由恋爱。她父母家境贫寒，父亲是一所乡村小学的校长。当时我父母极力反对这桩婚事，但我执意要娶小学校长的女儿为妻，最终父母不得不同意我的选择。只是他们有一个条件——新娘的嫁妆里必须有钻石耳环。贫穷的小学校长上哪里去弄钱为女儿买钻石耳环？后来，我很简单地解决了这一难题。那时，马德拉斯是一座迷人的城市，到处是卖新奇外国商品的繁华市场。我在一家市场上发现一个卖仿钻石的老人。他没有正式的店铺，只是坐在人行道上卖他的"钻石"首饰。一对耳环价格在十到五十卢比，有的闪闪发光，看上去就像真的。我记得我问他是从哪里搞来的这些首饰，他告诉我是二次大战期间缅甸难民带过来的仰光钻石。我不相信，仰光钻石即使是仿制品，那时价格也很贵，一对耳环至少要一百卢比或更多。然而，我还是选了一对特别好看的耳环。不是行家，很难看出它们是假的。我在五十卢比之外，又多给了老人十个卢比，因为我对这对耳环的式样和成色非常满意。

我带着"钻石耳环"直奔小学校长家。他开始问这问那，诸如我从哪里买的，它们值多少钱，他是多么感激我，将来他保证按价还我等等。我让他不要再说，并让他保证不要让任何人知道是我买的耳环。就这样，我和小学校长的女儿结婚了。

为了给女儿买一对时髦的耳环，今天妻子要把当年我为她买的、至今她还不知底细的"钻石耳环"卖掉。于是，我们走进珠宝店，看门人对我们笑脸相迎。他们知道，有钱人从他们的着装是看不出来的，他们穿什么衣服的都有，可我还是有点儿紧张。一位年轻人在一个玻璃罩着的柜台前接待了我们，并给我们一个鼓励的笑脸。妻子刚要指向她的耳环，我马上用肘轻推了一下她的手。"咱们先给拉克什米选一对耳环吧，"我说，"卖可以晚一点儿。"我想尽量推迟真相被揭露的时间。年轻人拿出几个小盒，开始讲起每块钻石的优点。一对特别的耳环吸引住了我们，妻子和我同时伸手去拿。这块钻石价格一定很贵！我想。年轻人咳嗽了一声说我们的眼光不错。"这是一种极好的钻石，"他说，"我们很少有这么纯的钻石，价格是一万五千卢比，但这个价格已经是扔的价格了。"

挑选耳环的兴奋，使我忘记了即将面临的尴尬局面。

首先，我不得不应对妻子知道她的耳环真相后的震惊。其次，是我到哪里去弄一万五千卢比为拉克什米买这样的耳环。

我问年轻人他们收不收用过的耳环，他说收，并疑惑地看着我妻子耳朵上的耳环。妻子把耳环取下，交给年轻人。我急切地观察着他的表情，心里怦怦直跳。只见年轻人的表情突变，他说："请你们等一会儿，我得叫老板来看看。"他用一种我听不懂的语言喊他的老板，一位六十多岁的老先生从里屋出来。老板坐下，戴上一片镜片，仔细地对耳环审看了很长时间。看着老板认真的样子，我慌得大汗淋漓。

"你是从哪里买的这对耳环？"老板问我。

"怎么？"我说，"是我岳父买的，他一定是从特里奇买的，那是离他村子最近的一座城镇。"

"这是一种最稀有的钻石，我一生很少见到这样的极品。"

"那它们能值多少钱？"我问。此刻，我的心跳好像感觉稍慢了些。

"不经检测，我也说不准，"他说，"但大概它们得值三万卢比。"

没想到，当年花几十卢比买的耳环，今天能值这么多钱！我们用换得的钱从珠宝店买回两对新钻石耳环，一对给拉克什米，另一对给我妻子。拉克什米婚礼结束很久之后，妻子问我，她父亲一个穷小学校长，当时哪来那么多钱为她买如此惊人的一对为我们换来三万卢比的钻石耳环？

"谁知道呀！"我回答，"这些上了年纪的老人从不告诉任何人他们到底有多少祖传家产，我想他一定是卖了一些耕地。"但在我的心里，我则要感谢当年坐在马德拉斯人行道上一对钻石耳环仅卖几十个卢比的那位老人。

并非童话的婚姻

"我爱你，鲍伯。"

"我也爱你，南希。"

这是凌晨两点我从与父母一墙之隔的我的卧室听到的。他们的爱情安慰是甜蜜的，感人的，而且是惊人的。

我父母的恋爱时间很短，他们谈了没多久就于1940年9月14日结婚了。那时妈妈已快三十岁，早该成家了。那个在她办公室偶尔遇到的英俊而受过良好教育的男子看上去是个很好的选择，而他则被她的身材和她那一双蓝蓝的眼睛所迷住。

然而，浪漫并没有持续很长时间，分歧的种子马上发芽了。她喜欢旅行，他则不喜欢；他喜欢打高尔夫球，她则不喜欢；他是共和党党员，而她则是热情的民主党党员。他们为了钱，为了各自亲戚的过失不时在牌桌上吵，有时甚至在饭桌上也吵。更糟糕的是，他们拥有共同的生意，每天在办公室的矛盾常被带回家里来。

他们寄希望于退休之后会有改变，矛盾会慢慢消除，但尖锐的矛盾已经激化成坚固的苦果。"我总想我们会……"妈妈在数落爸爸的过错之前，总是这样开始。这种絮叨一再重复，令我至今记忆犹新，可以脱口而出。在听妈妈数落时，爸爸总是气得说些威胁和咒骂的话，这真是一个痛苦的二重奏。

他们的婚姻实在是太不幸了。但在他们结婚六十周年纪念日来临之际，我姐和我决定为他们举办一个生日晚会。毕竟六十年是个很长的时间，何不充分利用这一时机呢？我们为他们准备了生日蛋糕、气球和美酒。而他们则必须遵守一个规定：不再吵架。

休战协定得到遵守，这一天我们过得很愉快。事后看来，这是一个很重要的庆祝活动，因为就从生日晚会之后，我父母开始变了。随着他们老年痴呆症的出现，婚姻成了他们唯一不能失去的东西。

他们的记忆力开始减退。他们经常满屋子找杯子找不到，车钥匙也时常忘在食品杂货店的柜台上，付费单常常忘记交钱。很快，他们连朋友的名字也记不起来了，就连他们孙辈的名字都叫不出来了。到最后，他们甚至连有没有孙辈都不知道了。

以前，很多事情都是他们激烈争吵的导火索。但现在他们却相依为命，并在搜寻记忆上相互帮助，他们经常用"每人都会这样"或"没什么，你只是累了"来相互安慰。

财务管理是他们面临的又一难题。在他们的整个婚姻中，我父母一直是各立账户。为了避免战事，他们作了明确的财务安排，爸爸负责家外的开销，妈妈则负责家里的一切开销。由于外出旅行谁拿钱是个非常复杂的事情，他们最终完全放弃了旅行。

我接管了他们的账本，他们再也不会知道账是怎么付的了。接下来，我雇了个女管家，我妈妈一直抱怨的做饭、打扫卫生和做家务突然没有了。我们还遵照医嘱，清理了家里的酒——引起他们争吵的导火索。

可以说，我父母的生命力已经很弱，他们再也享受不到生活的乐趣。但与此同时，深埋在他们心间的东西开始出现和形成。这是我在爸爸住院一段时间回到家时发现的。

我们极力向妈妈解释爸爸为什么这段时间不在，但由于她的记忆力问题，她根本记不住他为什么不在。她一次又一次地问他哪里去了，我们一次又一次地告诉她，她的担心与日俱增。

当我把爸爸从医院接回家时，发现妈妈正坐在沙发上。爸爸一进到屋里，妈妈就哭了起来。爸爸缓缓走向妈妈，妈妈也起身向爸爸走来。看到这一幕，我停住脚步。当他们迈着年迈而摇晃的脚步走到一起时，妈妈用颤抖的双手抚摸着爸爸的脸说：“啊，你终于出现了！你终于回来了！”

我以为妈妈和爸爸又神奇地恢复了活力，会再次吵架争斗。

然而他们没有，现在我看到的是来自他们共同生活的那些磕磕碰碰的日子——坐在一张桌子跟前的日子，一起走向太阳的日子，一起工作和抚养孩子的日子。即便是他们过去互相大肆宣泄的怒火，也成了这一无形建筑的一块砖石，在他们周遭的世界崩塌之际，这一建筑却日益显露出来。

一大早，我再一次听到墙那边传过来的声音："我们现在在哪里？"爸爸问道。

"我不知道。"妈妈轻轻地回答道。

我在想，他们能够相依为命是多么的幸运呀！

樱桃树

拉克什六岁那年的一天，他吃着樱桃从穆索里市集往家走。樱桃有点儿甜，有点儿酸。这些小小的、红红的樱桃是从克什米尔山谷远道而来的。拉克什住在喜马拉雅山脚下，这里果树不多，坚硬的土质，干燥的冷风，妨碍植物生长。但在许多背风坡上却有橡树和喜马拉雅杉密林。

拉克什与爷爷住在紧靠森林的穆索里郊区。爸爸和妈妈住在五十英里外的小村里，在坡底的梯田上种植玉米、稻子和大麦。他们很想让儿子上学，但村里没有学校。当拉克什刚到上学年龄时，他们就把他送到穆索里他爷爷这儿来了。

爷爷是退休的管林人，在郊外有栋小屋。

拉克什在放学回家的路上买了一串樱桃，他走了半小时才到家。到家时，樱桃只剩三个了。

"爷爷，吃个樱桃。"他在园里见到爷爷时说。

爷爷吃了一个，剩下两个拉克什很快吃完了。他把最后一个樱桃核在嘴里含了好久，用舌头舔来舔去，直到没有了味道，才把它吐在手上，考究起来。"樱桃核有用吗？"拉克什问。

"当然。"

"那我把它留起来。"

"不管什么东西，如果搁起来不用，那就一点儿用处也没有。要想让它有用。就必须利用它。"

"我能用一粒种子干什么呢？"

"种上它。"

拉克什找了把小铁铲，开始挖土坑。

"哎，不要种在那儿，"爷爷说，"我在那儿种了芥菜。把它种在那背阴的角上吧，那里没有干扰。"

拉克什走到园里的一个角落，那里土质松软，他不用挖，用拇指将樱桃核一按，种子就进到地里了。

吃过午饭，他就与伙伴们玩蟋蟀去了，把樱桃核忘得一干二净。

冬天来了，寒风从雪上刮下来，刮得喜马拉雅杉林呼呼作响，园子变得光秃秃的了。晚上，爷爷和拉克什坐在木炭旁，爷爷给拉克什讲故事，讲人变动物、树上的魔鬼、豆子蹦跳和石头哭泣的故事。而后，拉克什总是给爷爷念报纸，因为爷爷视力不好。拉克什感到报纸很没意思，尤其是在听了故事之后。但是，爷爷想听听所有的新闻……

当大雁飞回北方、向西伯利亚飞去的时候，他们知道春天来了。清晨，拉克什很早就起床，劈木柴生火，他看到排成"人"字的大雁向北飞去，大雁的叫声在山里稀薄的空气中听得清清楚楚。

一天早晨，他在园里弯腰拣一根小柴棍时，惊奇地发现：这根小柴棍原来是生了根的！他仔细看了好一会儿，然后跑去找爷爷："爷爷，快来看！樱桃树长出来了！"

"什么樱桃树？"爷爷问。他已经忘记这回事了。

"我们去年种的那颗种子！——瞧，长出来了！"

拉克什蹲下来，爷爷几乎趴在地上，瞧着这棵小树，它约有四英寸高。

"对，是棵樱桃树！"爷爷说，"你要经常给它浇点水。"

拉克什跑到屋里提来一桶水。

"不要淹了它！"爷爷说。

拉克什浇过水，用小石头垒了个圈。

"垒石头干吗？"爷爷问。

"把它藏起来。"拉克什说。

拉克什每天早晨都要看看樱桃树，但它似乎长得很慢。他不再去看它了，只是有时候用眼角很快地瞥一眼。一两个星期后，他仔细看了看，发现樱桃树长高了——至少长高了一英寸！

那年的雨季来得早。拉克什上学时披着雨衣，穿着长筒套靴蹒跚地走着。树枝发芽了，奇妙的百合花从草丛中伸出头来。即使在不下雨的时候，树上也滴着水；薄雾在山谷中缭绕。在这个季节，樱桃树长得很快。

樱桃树两英尺高时，一只山羊跑进园里，把树叶吃光了，只剩下树干和两根光秃秃的枝丫。

"没关系，"看到拉克什不高兴的样子，爷爷安慰他，"樱桃树是坚强的，它一定还会长起来。"

雨季快完时，新叶长出来了。这时，一个割草的妇女从山坡下来，她的长柄镰刀在草丛中嚓嚓作响；她根本没有顾及这棵小树：一刀下去，樱桃树就成了两截。

爷爷看到后，追上那个妇女，说了她一顿。但损失已无可挽回了。

"它可能会死了。"拉克什说。

"可能。"爷爷说。

但樱桃树却无意死去。

当夏天再度来临时，樱桃树长出了几片嫩绿的新叶。拉克什也长高了。他现在八岁了，已经是个结实的孩子，有着卷曲的黑发和乌亮的眼睛。爷爷把他的两只眼睛叫做"黑莓"。

那年雨季，拉克什回到家乡帮爸爸妈妈耕地、播种。当雨季结束，他回到爷爷那里时，他瘦了，但更结实了。他发现樱桃树又长高了一英尺，已经齐他的胸部了。

有时候，即使下过雨，拉克什也要给樱桃树浇点儿水，他想让它知道他在它身边。

一天，他看见一只绿茵茵的螳螂停在一根枝丫上，瞪着两只圆鼓鼓的眼睛瞧着他。拉克什没有干涉它，这是樱桃树的第一位来访者。

第二位来访者是一条毛虫，它在吃树叶。拉克什很快把它弄走，扔在一堆干树叶上。

"等你变成蝴蝶时再来吧！"他说。

冬天来得早，樱桃树被雪压弯了腰。地老鼠在屋顶上寻找住所。大雪封山了，好几天送不来报纸，这使爷爷暴躁起来，他的故事开始出现不愉快的结局了。

拉克什的生日是在二月。他九岁，而樱桃树才四岁，但差不多与拉克什一样高了。

一天早晨，太阳刚刚出来，爷爷走进园里，用他的话说是："让太阳晒晒我的骨头。"他在樱桃树前停下来，盯着它看了一会儿，然后叫道："拉克什，快来看！快来，来晚了它就掉了！"

拉克什和爷爷目不转睛地看着樱桃树，好像它创造了什么奇迹似的。原来一根枝丫的尖端开出了一朵粉红色的花。

第二年，花更多了。虽然樱桃树的年龄还不到拉克什的一半，却突然长得比拉克什高了。后来甚至比爷爷高了，而爷爷的年龄比有些橡树都要大。

拉克什也长了，像大多数孩子一样，他能跑、能跳、能爬树了，他读了许多书，但仍喜欢听爷爷讲故事。

樱桃树上，蜜蜂前来采蜜，小鸟前来啄花，它们把花啄到地上。但整个春天，樱桃树不断开花，花总是比鸟多。

那年夏天，樱桃树开始结果了。拉克什摘了一个放进口里，又吐了出来。"太酸了。"他说。

"明年就会好些。"爷爷说。

但是鸟喜欢它们——特别是大一点儿的鸟，像夜莺等，它们在树叶中穿来穿去，啄吃樱桃，饱享口福。

在一个晴朗、温和的下午，连蜜蜂看上去也昏昏欲睡的样子，拉克什到处寻找爷爷。他围着房子找遍了爷爷常去的地方，都没有找到。后来，他从窗口看见，原来爷爷正躺在樱桃树下的藤椅上呢。

"这里正好有块阴凉，"爷爷说，"我喜欢看树叶。"

"多好的树叶，"拉克什说，"如果有点儿风，它们准会翩翩起舞呢！"

爷爷回到屋里去了。拉克什走进园子，躺在树下的草地上。他透过树叶，凝视着蔚蓝广袤的天空，侧过身，他可以看到山峰直插云霄。当夜色悄悄爬进园子时，他仍躺在树下。爷爷走过来，在拉克什身边坐下。他们静静地坐在那里。星星出来了，蚊母鸟开始叫了。下面的树林里，蟋蟀和知了开始唱了。突然，树林里充满了昆虫的鸣声。

"树林里有这么多的树。"拉克什说，"这棵树有什么特别呢？我们为什么这样喜欢它？"

"它是我们亲手种的，"爷爷说，"这就是它的特别之处。"

"原来只是一颗小小的种子！"拉克什抚摸着光滑的树皮说。他顺着树干往上摸，然后，手指停在一片树叶尖上。"奇怪，"他喃喃地说，"这就是上帝吗？"

重返天堂

眼前是碧波万顷、一望无际的加勒比海，脚下是温暖的白色沙滩，轻柔的海风抚摸着她的脸颊，丽莎不由得闭上了眼睛。故地重游，物是人非，尽管风光依旧，却难以消除积压在她心头的哀伤。

就在三年前的此时此地，她嫁给了詹姆斯。那天她穿着一身简单的白色婚礼服，乌黑的卷曲长发上卡着朵朵可爱的白色小花，真是幸福无比！詹姆斯看起来更随意，上身是宽松的白色纯棉罩衫，下身是皱巴巴的长裤，但却很有魅力。他的黑发有些凌乱，望着即将成为新娘的她，眼里充满了爱慕。主婚法官宣读了他们的誓言，之后他们拉着手，笑声里掩饰不住快乐，因为他们相互爱慕，也因为他们要在多米尼加共和国的这个小岛上的一个五星级度假胜地度过蜜月。他们展望着未来的幸福岁月，他们将永远不分离！他们还计划着生儿育女之事，她说要两个，他却要四个，后来他们彼此让了步，决定要三个（一男二女）。他们还计划着未来的定居地，一起外出旅游等。那时他们认为这一切都是肯定会发生的。

但是现在看来那好像是很久以前的事了。几年之内会有很多变化发生——太多的伤心能改变一个人，能使最亲密的关系出现裂痕，甚至毁掉曾经最执著的爱。

三年之后，他们又回到了这个以海滨婚礼而著称的小岛，不过这次他们不再是相约为结婚而来，而是为了离婚，因为这个岛同样因提供最快的离婚服务而出名。

丽莎不由得叹了口气，痛苦且无奈。她还能做什么？只有继续活下去，寻找新的生活和新的梦想，过去的一切已无法追回了。谁能想到，这个有着绿色海岸线、蓝色海水、无际沙滩的美丽地方竟成为她的伤心地？

男子站在棕榈树丛的边缘观望着，他无法把自己的目光从那个站在水边的黑发女人身上移开。她望着远处的海面，仿佛在等待什么东西或某个人。她很美，身材苗条，海风扬起她宽松的纯棉上衣和长发，她的眼睛像海水一样蓝。然而吸引他的不是她的容貌。作为一个自由摄影师，他遇见的漂亮女人多了。是她的孤独和专注吸引了他。即使在远处，他也能意识到这个女人和他曾遇到的其他女人不同。

丽莎尚未转身就感觉到了那个男子向她走来。她早就知道他站在那里盯着她看，对他的这个做法她感到出奇的平静。她望着他，心里瞬间涌起一阵只有以前才有的亲近感。他慢慢向她靠近，两双眼睛专注地对视着，就像一对久无音信的老朋友突然相遇，而不是在陌生的海滩遇见的陌生人。

后来他们来到附近的一家酒吧。他们坐在那里啜着鸡尾酒，开始了交谈。起初只是客套寒暄，谈及当地的旅馆、食物的质量和当地人的友善。但和刚才相遇时所表现的随意和自然相比，他们的谈话却显得有些吞吞吐吐。然而旁观者从这对男女的举止和谈话时流露出的眼神里不难看出他们之间微妙的亲昵关系。直到后来酒精的作用才让他们放松了下来，话题也才越来越深入。他们说起来此地的原因。终于，丽莎禁不住敞开心扉，说起了过去几年的伤痛，以及她再次来到当初她认为能够托付终身的唯一男人的地方的前因后果。她给他讲了深埋在她内心的一些无法告诉别人的事。她向他诉说了失去孩子之后的感受，那时她已有六个月的身孕，痛苦降临时她正沉浸在无与伦比的幸福中。因为詹姆斯在城外工作，她和自己的母亲住在一起。他没有及时赶回来。医生说这种事儿时常发生，他们可以再要一个孩子。但是她那时恨透了詹姆斯，因为他当时不在身边，因为他感受的痛苦不如她深，更因为那个小胎儿太像他了。她只抱了他三个小时就被抱走了。她甚至不愿正眼瞧詹姆斯，又怎么可能和他……在以后的日子里，她总是躲着丈夫、家人和朋友，不想见人。她不想从痛苦中解脱，认为那样做是对儿子的背叛。在儿子的葬礼上，她不愿和詹姆斯站在一起并在第二天离开了他。

抬起头来，丽莎在男子的眼睛里看到了和她同样的痛苦。几个月来，她第一次感到不再孤独，她感到无法承受的重担开始从她肩头卸下来，虽然卸下的还不多，但毕竟已经开始。她开始相信也许自己还有未来，也许会与眼前的这个男子继续走下去。此刻，只见男人那双和善的褐色眼睛盈满了泪花。

他们本来是为了解除婚约而来到这里的，但现在看来他们的婚姻或许还有希望。丽莎站起来，拉起詹姆斯的手，与他一起离开酒吧，向三年前他们曾经许下山盟海誓的海滩走去。明天她就去取消离婚申请，今晚他们将一起重申旧诺。

等待爱人

兹凌困惑地坐在椅子上，看着手里的信，信是女朋友杨晨来的，她将离他而去。信的最后一行写道：就当我们从未有过任何关系或者就当我们做了一个梦吧，实在对不起你了。

兹凌在印度一所大学学习工程专业，今年是最后一年。

"心上人又说什么了？"卡尔马问。

"没说什么。"兹凌谎称，否则，卡尔马会坚持要看信的。

教授正在给学生上桥梁建筑课，但兹凌却心不在焉，他的思绪回到他和杨晨第一次约会的家乡的一座桥上。他仍然忘不了他们在暮色中的第一次亲吻。看到兹凌眼睛紧闭嘴在动的怪相，教授走到他跟前："我希望我没打扰你，兹凌，你好像处在睡眠状态。"教授的话引起哄堂大笑，兹凌的脸窘得通红。

回到宿舍，兹凌再次捧起杨晨的来信，极力想从字里行间看出点儿希望。实际上，按照传统他们已经订婚。兹凌是一个孤儿，因此，杨晨的父母对他非常关心。他们本计划等杨晨一毕业就结婚，可她的信简直就像晴天霹雳。

就在那天晚上，兹凌拨通了杨晨家里的电话："喂，您好！我是兹凌，我这是从印度打来的电话。我可以同杨晨讲话吗？"

"非常抱歉，兹凌。"电话那边传来杨晨妈妈颤抖的声音，她听起来像是在哭:"她已经离家,与新找的丈夫走了。"

"丈夫!"兹凌喊叫道,接着便沉默无声,轻轻地挂断了电话。他震惊不已。付完电话费,他心不在焉,连找给他的钱都忘了拿。兹凌非常忧郁和消沉。难道三年甜蜜的爱恋就这样一下化为乌有?他用拳头猛击桌子。

一年之后,兹凌成了工程局的一名工程师。但他仍然是本应成为他岳父母的家里的常客,他仍像什么事情也没有发生似的经常前去看望他们。杨晨很少回来,很少给家里打电话,家人也很难找到她。一天,兹凌喝醉酒后对杨晨的父母说:"一个人不管周游多少地方,见到多少新人,他的心里只有一个家。"

他们极力劝说兹凌忘掉杨晨,尽快从失恋中摆脱出来,再物色一个称心如意的姑娘结婚成家,可他们说他们的,兹凌拿定主意,决定永远地等待下去。

一天,他走进一家陌生的酒吧。不一会儿,只见一张桌子跟前坐下一对夫妻。使他惊奇的是,女的是杨晨。看到兹凌,她脸色变白,然后便假装根本不认识他。她仍像以前那么可爱。尽管杨晨不想认他,但兹凌心里还是很高兴终于见到了她。

与她一起的那个男人显然是她的丈夫,看得出,丈夫对她看管得很严。离开酒吧时,杨晨的丈夫酩酊大醉。兹凌亲眼看到失去理智的丈夫蛮横地抽了杨晨一巴掌。在他们走出酒吧时,杨晨眼含泪水回头朝兹凌看了一下。

杨晨的丈夫是个酒色之徒,如果他人品稍好一点儿,杨晨或许会沉默地忍下去。最终,她的婚姻以离婚告终,杨晨又回到爱她的父母身边。她回来时,兹凌正好在她家里。

他没有白等,终于喜结良缘,找回了属于他们的幸福。

钻石鼻钉

巴图从镜子里看了看自己，她尽管已经三十五岁，可仍风姿绰约。几滴水珠在她白皙的额头上闪烁，化妆后的杏仁眼变得更黑更有神，脸颊变得更红润更靓丽，额头上点上鲜艳的红点，使她看上去更加妩媚动人。她知道，即使她绿色的棉布纱丽已经褪色，可穿在她身上丝毫没有逊色的感觉。

巴图向往奢侈的生活，喜欢珠光宝气，渴望穿好吃好，可丈夫斯瓦拉曼只是一个淳朴本分的税务工作者。他上有老下有小，既要照顾年老的父母，又要抚养两个快速成长的孩子。对他们来说，奢侈生活实在不敢奢望。

巴图仔细看着镜子里自己的面孔，这样美丽的面孔应该属于公主才是，她想。只见她的耳垂上饰有两个小小的耳钉。娇小的鼻子上，一颗精致的金制鼻钉闪闪发亮。巴图叹息一声，她要是有一颗钻石鼻钉该有多好啊！

她在金器店曾经看到过一颗让她动心的鼻钉，上面镶有八块钻石和一块红宝石。她对这颗鼻钉一见钟情，大小和式样都很合她的意，上面的钻石诱惑地向她闪着光芒。她知道她永远也不会拥有它，可她还是询问了一下价格。

"二万卢比，"金器商告诉她，"这可是全国最好的蓝钻石，到哪里也找不到这么高质量的钻石了。"

她小心地将鼻钉拿在手里看来看去，鼻钉上的钻石在上午的阳光下晶莹剔透。"拉曼太太前不久刚刚买了一个，式样和这个一模一样。"拉曼太太是巴图的邻居，她丈夫与巴图的丈夫斯瓦拉曼在同一个税务局工作，但级别比斯瓦拉曼高。拉曼太太从不忘记自己这一高人一等的身份，也从不放过任何一个在巴图面前炫耀她的服饰和首饰的机会。

巴图经常向斯瓦拉曼抱怨这个女人。"她男人背地里受贿，否则他们的生活怎么能这样奢侈？"斯瓦拉曼对妻子说。

"不管怎样，人家把家关照得很好，家里要什么有什么！"巴图尖刻地说。斯瓦拉曼退缩了，但他从不让巴图知道她对他的伤害有多大。

随着时间的推移，巴图感到越来越难过，钻石鼻钉让她着魔。她看到拉曼太太的鼻钉次数越多，就越想拥有与她同样的鼻钉。于是，她开始对家、对丈夫和孩子失去兴趣。她经常在镜子面前一待就是几个小时，想象着她戴上钻石鼻钉该有多美，她没有一天不在斯瓦拉曼面前唠叨此事。

后来突然有一天，斯瓦拉曼给了妻子一个惊喜，他给她买回一颗鼻钉——一颗镶有八块钻石和一块红宝石的鼻钉，式样与她朝思暮想的鼻钉一模一样。巴图欣喜若狂，她没有想丈夫是从哪里弄来的那么多钱，她只想拥有一颗她所渴望的鼻钉。今天终于拥有了，她非常兴奋。她戴起鼻钉，在镜子面前自我欣赏起来。鼻钉上的钻石在光照下闪闪发亮，此刻，巴图看上去就像一位女神。她情不自禁地笑了，拉曼太太，现在再让你炫耀！

巴图炫耀着她新得到的鼻钉，走到哪里就戴到哪里。她所有的邻居都羡慕她的鼻钉，都说她的鼻钉好看。就连傲慢的拉曼太太也不得不承认，巴图的钻石和她的一样好。满足了要求的巴图，重又找回她原有的热情，对丈夫和孩子越来越体贴和关心。

然而，就是从这时开始，她发现斯瓦拉曼的眼神变得冷漠，好像他有什么事情瞒着她。每当她想问他时，他就走开或把话题岔开。但可以看出，斯瓦拉曼内心有一种深深的负疚感。

几个星期之后，斯瓦拉曼被逮捕，当时巴图正在市场购物。当她回到家时，只见她家门前挤满了邻居。当她得知税务局有人受贿当场被抓时，她不禁大吃一惊。

过去几个星期一直使她怀疑的事情终于成为事实，她现在知道买鼻钉的钱是从哪里来的了。她痛悔不已，丈夫是为了她才这么做的。一向老实本分的他接受了贿赂，结果葬送了他的整个前程。这一切都是为了满足她的虚荣心，为了得到一块不值钱的石头！泪水情不自禁地盈满巴图的眼睛。

此刻，钻石鼻钉失去了它所有的魅力。只要能够救回丈夫，巴图准备不惜一切。

警察将斯瓦拉曼带走，巴图连看丈夫最后一眼都没有看上。她站在路边，伤心地流下眼泪。就在巴图无助地站在那里伤心时，她听到有一个熟悉的声音在向她喊叫。巴图转头，发现丈夫正朝她走来，她简直不敢相信自己的眼睛。斯瓦拉曼看到她泪流满面，便问："你到底为什么哭？"

巴图根本说不出话来："我以为警察逮捕了你！"

听了此话，斯瓦拉曼看上去非常吃惊。实际上事情并不像巴图想象的那么严重，警察把他带走完全是因为有人诬告他。

"究竟什么使你这样认为？"

"哦，你给我买了钻石鼻钉，我知道我们买不起！最近，我看你好像总是很内疚的样子……所以，我想你一定受贿了。"

"这是你的臆断！不过你没有错，我有理由对钻石鼻钉感到内疚……"斯瓦拉曼认为这是坦白自己的最好时机。内疚简直快要害了他的命："巴图，我希望你能有勇气承受我将要告诉你的……"斯瓦拉曼显然很紧张，"关于那颗钻石鼻钉……"

"它怎么了？"

"哦，那颗鼻钉……"斯瓦拉曼结结巴巴地说。

"哎呀，你快告诉我！"

"哦，那颗钻石鼻钉是假的！"斯瓦拉曼如释重负地说。他终于说出了压在心头的内疚。

幻 灭

　　晴朗的一天，我见到了她。这一天是3月11日，星期天……我记得很清楚。我怎么会忘记这一天呢？她身着一件红色上衣，深深的颜色把她的皮肤衬托得更加白皙。飘逸的长发、口红的格调、热情的笑声……我记得所有的一切。这是我第一次见到她，然而我却莫名其妙地感到，她就是我一直想要找寻的那一位。

　　自此，我生命中便有了使命。连续一个星期，我每天都在同一个地点等着她，希望能再次看到她，有时一等就是几个小时。在这期间，我还多方打探，并给我仅有的几个女性朋友打电话，希望她们能帮我找到这个不知名的姑娘。终于我又一次见到她。这一次我变聪明了，我跟踪她一直到她住的地方。很快，我就把她所有的情况搞清楚了。

　　她就住在附近的一条街道，是一家电脑公司的软件工程师。尽管相貌出众，可她仍是单身。

　　我对她已经有了一个基本的了解，可她却一点儿也不知道我对她的注意，我要设法让她知道，但这是最困难的工作。我本想托人去传话，可那样可能不好。我决定还是以我自己的方式去接触她，可我是一个在女人面前不善言辞的人。

　　有些事情一旦注定要发生，那就任谁也阻止不了，好像整个世界都在设法让其发生。她原来就是我的同事大杨的隔壁邻居。我们周末聚会喝酒，我去过他那里很多次，但我从没有见到过她。或许我看到过她，只是没有注意她，不……那是不可能的。不管怎样，反正我有了一个机会。

正如我说的，当事情注定要发生时，情况就开始有谱了。机会是大杨的生日聚会，当然她也应邀出席。大杨答应要把她介绍给我，我非常激动并有点儿紧张。为了这次聚会，那天，我花了很长时间进行打扮，我甚至给自己身上洒了些香水。

由于我光顾打扮了，我到大杨家时很多人已先我而至。我很快地扫视了一下厅里的客人，看她来了没有。她可千万不要因工作缠身而来不了！我心想。当我终于看到她正在厅的一角与大杨以及其他几位客人聊天时，我才松了一口气。我快步走向他们，可我满脑子疑问。我这个样子看上去好吗？我非常紧张。我活了二十九年，还从没感到这样紧张过。都说爱会让人这样，爱，我这样说了吗？天哪，我还不认识她呢！

接下来的几个小时是在茫然中度过的。我被介绍成为一个"很有前途的小伙儿"，而她则被介绍成为她所在公司的"成功人士"。我对她的存在感到非常敬畏，很长时间我都不敢说话。而她看上去却非常放松和随便，在她看来我一定是一个寡言少语和木讷的人。然而，随着夜幕降临和酒精的作用，我的紧张慢慢消失，我们在一起谈论生活和工作。我觉得她有一种非常古怪的幽默感，这种幽默感是在我大多数女性朋友中没有发现的。就在我好不容易放松下来与她聊天时，她说她该走了。使我安慰的是，她允诺改日与我一起喝咖啡。

后来，我们经常约会，不是在一起喝咖啡，就是在一起看电影。时间过得很快。这些日子，我真有一种春风得意马蹄醉的感觉，脸上总是挂着喜悦。随着日子一天天过去，她在我心中占据的位置日益重要。只要我醒着，我就会想她，我总想找借口再次见她。妈妈越来越怀疑我周末与"一个老校友"的约会，我的同事也经常抱怨我工作注意力不够。每次我桌上的电话响起，我都会赶紧去接，总以为电话是她来的。不管我形象如何，我开始花时间打扮自己。对我来说，生活终于有了转机。

这时，我开始想象将与我携手到老的她。她拥有许多我所喜欢的"女朋友"的优点，她非常风趣幽默，绝对是一个极好的选择。她非常独立（每次我们出去吃饭，她都坚持付钱），但另一方面，她又非常脆弱。只要她在，我就好像成了一个完全不同的人。我通常沉默寡言不爱说话，可与她却有说不完的话。这就是她的不同……她使我感觉很好。我知道我再也找不到像她这样的好姑娘，她简直是太好不过了。

又是3月11日，距我第一次见到她整整一年了，我们相约晚上一起吃饭。我等这一天已经等了很长时间，今天我要正式向她求婚。她要是拒绝我呢？那我该怎么办？我一整天都在想这个问题，精力根本无法集中到工作上。

那天晚上，她打扮得非常时髦，外面罩了一件蓝色的风衣。见面后，我哼哼唧唧了好几次，终于鼓足勇气决定要把我想说的话说出来。对我来说，这是不可思议的事情，因为我是一个思想非常守旧的人。

"你愿意做我孩子的妈妈吗？"

问过此话之后，我即刻感到不舒服。我低头看着我面前的盘子，生怕看到她的眼光。可这正好像是她所一直期望的，她抬起头来。

"你为什么这么长时间才提出来？"

我简直不敢相信我的耳朵，这是真的吗？是我听错了吗？她脸上的笑容打消了我的疑虑。没错，这的确是真的。我喜不自禁，我已经很长时间没有这么高兴了。

我们一直谈到深夜。我知道，我这边妈妈的工作是好做的，我再结婚成家她只会高兴，现在的问题是她如何去说服她的亲属。根据她告诉我的，我知道这不是一件容易的事情，但我们相信，我们会终成为眷属的。我提出送她回家，可她坚持自己打车回家，我看着她上了一辆红色的夏利车才离去。

那是我生命中最长的一夜。我躺在床上翻来覆去怎么也睡不着，满脑子都是我过去一年所经历的事情……每次见她之前的紧张，每次约会后等待下一次约会的盼望。我还想到了我为她组织的使她惊奇的生日聚会，在我睡着之前，我一直充满着兴奋。

当我醒来时已经是上午九点，我懒洋洋地看着妈妈放在我床头上的《晨报》。我看报通常先浏览一下每篇文章的标题，当我翻到第三版时，该版右上角的一条小消息引起我的注意。

"昨天深夜，一辆快速行驶的卡车在三环路上猛烈撞向一辆红色出租车，司机和车上的一名身着蓝色风衣的女乘客当场死亡……"

我顿时懵了，周围的世界一下变得模糊不清。

日出时的相会

日出在东海岸是一道特别的景色。我站在孟加拉湾的一个叫多尔芬角的突出部位观看从地平线上升起的第一抹朝霞。就在东边的天际像一朵巨大的深红色花朵的花瓣开始绽放时，我想起了十年前在这里遇到的一个姑娘——清晰的回忆并未因为时间已过去多年而淡化。

那时我还是个年轻的单身汉，维扎格当时还很落后。每个周日的早上，我都在黎明前起床，来到多尔芬角观看太阳从海面上升起的美丽景观。

看到太阳升起之后，我通常沿着陡峭的山路走向岩石很多的海滩游会儿泳。我每次都看到远处一个围墙围着的院落里熙熙攘攘，很是热闹，尽管我对此很好奇，但从没过去看过。一天，我决定走近看看那里到底是干什么的。

原来这里是一个鱼市，来这里的顾客大都是居住在附近的家庭主妇。她们衣着邋遢，毫不修饰，甚至脸不洗头不梳，与前一天晚上在俱乐部看到她们精心化妆过的形象形成鲜明对比。

就在我非常沮丧地要离开时，我见到了她，于是我停下脚步。她是一个真正的美女——高挑，白皙，看上去精神焕发，一头光泽的秀发披肩而下，一双会说话的大眼睛和美丽的容貌在早晨的阳光下更显妩媚。我难以描述她给我的感觉，这是我有生以来第一次心动，我知道这就是爱。

但我从心里知道，我是不可能拥有她的，因为她脖子上有一条串珠项链，证明她已经结婚成家，而且婚姻可能还很幸福。然而，我还是走近她，无话找话建议她买点儿鱼。她温柔地朝我笑了笑，我帮她从卖鱼的地摊上挑了几条鲳鱼递给她。我借机触碰到她柔软白皙的手，浑身感觉就像触了电似的。她用一双忽闪忽闪的大眼睛向我告别，轻快地离去。

我也买了两条鲳鱼，然后非常高兴地跟在她后面离开鱼市。那天早餐我吃的就是油炸鲳鱼。不用说，鲳鱼的味道很美。

每个周日的早上，我都到鱼市去转。她从未错过与我的相会——同样的地点，同样的时间，每次都是准确的七点，但我们从没有说过一句话。我太羞怯，或许她就希望这样保持下去——一种美丽的精神关系——如此微妙的爱，一个错误的举动就会毁掉一切。

与此同时，我喜欢上了油炸鲳鱼——这有点儿不可思议，因为我以前从不吃鱼。后来，我离开维扎格，到世界各地周游，在具有异国情调的很多地方，我遇到过无数漂亮姑娘，可我却怎么也忘不了她。在一个男人的心里，初恋总是留有永久的位置。

十年之后，我又回到维扎格。当我走在通往海滩的斜坡上时，我脑海里仍然可以清晰地浮现出她美丽的样子——她温柔的笑和她会说话的眼睛——尽管已经过去十年，我仍然难以控制自己内心的激动和期待。我很想能够再见到她，这也许是一个无望的希望，但我却对能够再次看到她充满着希望。

当我来到海滩时，我发现太阳已经清楚地出了地平线。我看了看手表，差不多快七点。我加快脚步朝鱼市走去，实际上我几乎跑了起来。来到鱼市，在昔日我们曾经在日出时相会的地方站着。

我怀着激动而期待的心情，四下搜寻着。一切都没有变化，场面还是与十年前我离开时一模一样，但只有一样不在——她不在那里。我失望，我沮丧，脑子一片空白。就在我茫然若失地站在那里时，我突然感到了那熟悉的触电。我立马回到现实，只见她手里提着两条鲳鱼正在朝我走来。

我非常高兴看到她，那一刻，我的心仿佛要跳了出来，终于没有让我失望。我激动地浑身打量着她,随着年龄的增长,她越来越漂亮了。但她的某些地方还是有变化,对,是她的眼睛,她那双大大的黑眼睛再也不像以前那样忽闪忽闪。当她无言地向我告别时,那双明亮的黑眼睛里像有点儿悲伤和辛酸。我被这突然的相遇搞懵了,我就像一座雕塑一动不动毫无反应地站在那里。

就在她离去时,我发现她修长的脖子上没有了串珠项链。

不朽的爱

冥冥黑夜，我独自站在墓碑旁。透过树丛，我看到天上繁星闪烁。对我来说，进到墓地是需要很大的勇气的，而我发现我现在就站在墓地里。

我浑身发冷，晕头转向，只觉得灵魂就要离我而去，但我却不能大声呼救。

我后悔没有听家人和朋友的劝告，在这漆黑的夜晚独自一人来到这个恐怖的地方，我对我的一时冲动自责不已。此刻，陪伴我的好像只有嚎叫的豺和哇哇乱叫的青蛙。冥冥之中，我甚至听到有呻吟的声音，并不时影影绰绰地看到可怕的人影从我眼前晃过。

我想起了母亲的警告："索纳姆，你为什么非得这时候去呢？难道就不能等到天亮再去？我们知道你难过的心情，可她已经走了，深更半夜地去一个幽灵出没的地方是多么可怕的冒险。今晚先休息，不要去，儿子。"

家里其他人也这样劝我，可我好像在有意刺激和责难他们。"要是你们告诉我她的病情，我或许会留住她的生命。"我说，"你们知道我是多么的爱她，可现在她去了，我怎么能睡得着？"我的话使他们都低下了头。这时，我的朋友多吉说："索纳姆，要是这样的话，我陪你一起去。"

"不，"我抗拒道，"我必须一个人去。"

他们的警告一直在我的脑海缭绕，我昏倒在克奘的坟墓前。我失去知觉，黑夜似要把我吞没。我从心底祈祷上帝保佑和庇护我，可我的祈祷是徒劳的，我仍感到四周一片恐怖。

这时，我朦朦胧胧地听到有个声音在叫我，并且感到一个冷冰冰的东西在抚摸我的脸，我知道这一定是我心爱的人克奘。一股力量在我身上涌动，我的呼吸也越来越强。我最初的恐惧似乎突然消失，心里感到很是平静。"克奘，"我呼喊着，"我爱你。"

上帝终于回应了我的祈祷。瞧，身着白纱的她看上去多么漂亮！我们紧紧地拥抱在一起，并热烈地亲吻。

然后，她松开我，期待地看着我，眼含泪水说："忘掉我吧，亲爱的！"她就像突然出现那样又突然消失。我再次陷入孤独。

变 迁

丁铃铃！丁铃铃！

阿尤姆·德吉急忙从浴室出来拿起电话。

"您好！"电话另一端说，"您能为我提供30公斤黄油吗？"

"实在对不起，今天的黄油已全部订光。"

"可我急需，我今晚要搞家庭聚会。"

"那我想想办法吧，一个小时内来取。"

"那太感谢您了。"

阿尤姆·德吉叹了一声，挂断电话。可她刚放下电话，铃声又响了。

"您这儿还有乳酪吗？"

"对不起，都卖完了。"

她放下电话还未动身，电话又响起来。"对不起，"她说，"今天一切都已销售一空。"

"喂，妈妈。"电话另一端传来一个笑着的声音，"是我，尼玛。奘莫和我已来到汽车站。""哦，天啊！我还以为又是一位顾客。快打辆出租车回家。"

她彻底忘了孩子回来过寒假的事。她看了看手表，现在是下午4∶30。不用多长时间孩子就该到家，她不能像往常那样等饲养场结完账再离开。可就在她要动身回家时，电话铃又响起来。

"什么事？"她有点儿不耐烦地问。

"阿尤姆·德吉，"是她饲养场的经理，"有个人到这里来找工作。"

"告诉他对不起，这里不需要人。"

"我也是这么告诉他的，可他说他认识你。"

"那好吧，我过一会儿就来。然后，我们再作决定。"

尽管每天的日程都是闹哄哄的，但阿尤姆·德吉对她取得的成就却感到很自豪。从仅有一头奶牛，到现在已成为方圆数英里最大的饲养场和制酪场的女老板，她能有成功的今天，全是她单枪匹马、克服一切困难干出来的。

一切好像就在昨天，丈夫为了另一个女人将她抛弃，除了两个女儿，什么也没给她留下。由于没有文化，她最初有些绝望。但想到孩子的未来，她坚强起来。她用离婚判给她的一点儿钱买了一头奶牛，靠卖牛奶为生。后来，她用织毯赚得的钱又陆续买了几头奶牛。随着时间的推移，她又购买了一块地，并在上面建起饲养场和制酪场。她把两个女儿送进学校，平时，她特别注意培养她们自力更生的能力和热爱劳动的美德。对孩子来说，她就是她们最好的榜样。

"妈咪！妈咪！"女儿到家了。听到了她们的跑步声，阿尤姆·德吉情不自禁地笑了起来。热烈拥抱之后，她问起她们的学习。

"妈咪，"上七年级的小女儿奘莫说，"我考试考得很好，希望再次得全年级第一。"

"你呢，尼玛？"阿尤姆·德吉问上八年级的大女儿。

"我想我也会得第一。"

阿尤姆·德吉满意地朝她们笑着说："我真为我的两个女儿自豪。"

"我们更为您自豪，妈妈。"她们异口同声地说。

"好吧，姑娘们，你们进屋整理整理行李，然后洗一洗。我到饲养场看看就回来。今晚咱们好好庆贺一番。"

阿尤姆·德吉前往住处附近的饲养场。此刻，她满脑子装的都是孩子和她为她们所做的计划。她很高兴她们都顺利地长大了。她来到饲养场，经理正在办公室等她。"阿尤姆·德吉，"她一进屋他就说，"你现在就见找工作的那个人吗？"

"是的，"她坐在老板桌后面说，"把他叫到这儿来。"

不一会儿，找工作的人进来了。她惊奇地发现，来人不是别人，正是她的前夫。她同意留他在她的饲养场挤牛奶。他毫无异议地接受了这份工作。

盲目的爱

儿子安塔里克什站在阳台上不经意地注视着远处,并不时自笑。斯玛没有打扰他。实际上,她没有什么可和他说的。她知道他从不会对她说什么,现在不会,永远也不会。绿茵茵的草坪油亮油亮,草叶上挂满了晨露,它们就像她眼里的泪珠在草上闪闪发亮。

她烦躁地转身离开门口,回到床上。

丈夫阿南特的枕头空着,他身着一件T恤衫到院子里散步去了,一个小时以后才回来。散步回来,他通常擦掉额头上的汗,坐在阳台的藤椅上浏览报纸。他不顾隔壁房间的说话声,总是一张不落地看完整份报纸。眼镜不时滑下他的鼻梁,他会不厌其烦地再把它推上去。他已经习惯了在这种环境中看报,他对充满房间的大喊大叫已毫无知觉。

安塔里克什回到房间,独自与他的球拍和球玩。

"安塔里克什。"她叫道。

他不理她。

"安塔里克什。"她再次叫道。

他还是不理她。

"安塔里克什!"她几乎是大喊。她边喊边用力把孩子从地上抱起。他伸着手大声叫着,极力想从她手里挣脱。

安塔里克什每天被禁锢在自己的小天地里,与外界没有任何联系。

"孤独症"这个词在斯玛的脑海里不断出现。

"阿南特，"她说，"我很为安塔里克什担心。"实际上，她一直处于担忧之中，可她无能为力。

"别傻，斯玛，他没有什么问题。"阿南特执拗地说，"我断定他是说话迟。"

"希望很小，几乎微乎其微。"斯玛努了努嘴说。阿南特不接受孩子不正常的现实。但斯玛说邻居家的孩子九个月就会叫"妈妈"和"爸爸"，一岁半就能说出几句不完整的话，两岁便什么都会说了，可安塔里克什都三岁多了，他除了会叫"妈"和"爸爸"，其他什么也不会说。

阿南特出差时，斯玛鼓足勇气又去找儿科专家。"还是担心孩子不说话，是吗？"儿科专家温柔地看着她问。她对他的关心情不自禁地痛哭起来，她想到聋哑小弟弟的悲剧就不寒而栗。他一句话没能和她说就离开了人世，生前他每天坐在那里，面无表情地看着墙傻笑。由于他不会喊叫，他掉进路上一个坑里死了。弟弟的死使她既悲痛又难过，她害怕生孩子，担心生出的孩子也像弟弟那样是聋哑儿。阿南特做了好多工作，她才同意要孩子。

"医生，怕是我的基因起了作用。"她咕哝着说。

"胡说，斯玛，"医生严肃地说，"我保证你的孩子听力没问题。"

"那他为什么不说话？"她几乎大叫着对医生说，"他要是不聋，那他一定是患了孤独症。"

她又找到一个耳科专家。经过长时间的检查，证明安塔里克什的听力并不弱，可他就是不会说话。

"我要带你去外地走走。"那天夜里阿南特对妻子说。

"我们去哪里？"她无精打采地问。

"不是我们全家，而是只有你和我。"他纠正她说。

"这怎么能行？"她叫道，"安塔里克什没有我是不能生活的，只有我能知道他的需要、他的饥饿、他的所想。谁也做不到，保姆、佣人都做不到。"

"不用保姆或佣人,"他冷静地说,"我妹妹苏拉比将来照看他。"一切争论在阿南特面前都是无用的。平常非常随和的阿南特这一次却显得异常固执。

过了一个星期,他们乘飞机去了外地。但斯玛却依然对儿子放心不下。

"斯玛,"阿南特说,"不要担心,苏拉比是一个心理学硕士,她了解儿童。如果安塔里克什病了,她会让我知道的。"

"可她怎么知道他想干什么?毕竟他不会说话。"她争辩道。

"他是怎么让你知道的?"他问。

"他不用说,我就知道他想干什么。我定时带他上厕所,八点给他吃早饭,下午一点给他吃午饭,晚上八点给他吃晚饭。"她回答说。

"是的,但他想喝水时,他不是也知道去开冰箱吗?要是他想吃饼干,他就指向罐子。想吃水果,他就爬上椅子去取。我保证他和苏拉比在一起会像和你在一起一样。说不定如果他无法让苏拉比知道他想干什么,他会学着说话!"他突然乐观地说。

斯玛陷入沉默。她又想起了失聪的小弟弟罗汗,他从不会和她说话。一个下雨天,她和她的朋友到街上去玩,弟弟也跟着她一起去。但后来他走丢了,她最终在路上的一个坑里找到了他。斯玛极力想象他掉进坑里时那可怕的样子,那时他一定在拼命地喊,可他喊不出来,怎么挣扎也无用。她极力想象他的生命是怎样慢慢地结束的。她永远都不会原谅自己的疏忽,是她没有看好他。她知道上帝也绝不会原谅她,将对她的罪过进行惩罚。在遇到阿南特之前,她曾发誓不结婚和不要孩子。

阿南特看着她,知道妻子在想什么。"斯玛,我们在大学相识相爱,那时我们彼此都很倾慕,现在仍然一样。毫无疑问,安塔里克什是我们爱情的结晶。但我们不能让他给我们应该分享的其他一切罩上阴影。我们一定要向好处着想,当然我们可能也要学会接受他现在的样子。"他们在西姆拉购物中心边走边说,他的话一直在她耳边回响。当他带她来到库夫里的冰坡上看滑雪时,他的话仍在她耳边萦绕。当她坐在马纳里的宾馆里的炉火旁时，她觉着丈夫的话是有道理的。不过接受现实实在是太难了。但只要阿南特与她在一起，即使安塔里克什的世界继续无声，她也能学会面对现实。

两个星期后，他们回到家。斯玛按下门铃，只听一双小脚嗒嗒地跑来。门开了，跑出来的是安塔里克什。"妈咪，爸爸，你们好吗？"他跳起来搂着她的脖子问他们。听到儿子的声音，斯玛大吃一惊，站在那里呆了。那几个字，几个普通的字对她来说听起来简直就像音乐。这时，苏拉比来到她身边。"你们不在，他被迫与我说话，以使我知道他想干什么，"她笑着说，"现在他开始说话了，不让他说都不行！"

斯玛看着三岁的儿子，正常，丰满，健谈。她自己的忧虑和过于溺爱倒变得不正常。安塔里克什既没有孤独症，智力也不迟钝；既不聋也不哑，完全是个正常的孩子。看来是上帝真的原谅了她，她最终可以让弟弟罗汗的灵魂安息了。

妈妈的忠告

皮默一遍又一遍地读着女儿德辰的来信，特别是对最后几句话，她琢磨了又琢磨——我就要回到你的身边了，妈妈。一切都将了断，我主意已定。

皮默突然感到年轻了几岁，期望使她心情激动。难道德辰回来不好吗？结束他们的婚姻毕竟是她的决定……皮默拿起笔决定给她唯一的女儿回信，表达她的喜悦和对女儿的热烈欢迎。但她手里握着笔却难以下笔，过去的某些回忆再次浮现在她的脑海并折磨着她——那些她认为永远埋葬了的回忆。

当年，年轻的邻居小伙次凌常来帮助皮默和她守寡的妈妈。由于常来常往，爱慕之情不可避免地在皮默和次凌之间产生。后来，他们顺理成章地喜结良缘。

几个月之后，他们便拥有了爱情的结晶——一个可爱的女儿，他们给女儿起名叫德辰。次凌非常喜欢自己的女儿，但照看孩子的任务却全落在了妻子一个人的身上。渐渐地，女儿成了皮默生命的一切，婚姻慢慢对她失去吸引力。

当皮默向次凌提出离婚时，次凌大为吃惊，他不解地问他犯了什么错。她说他整天对她不管不问，她感到婚姻已经失去存在的意义。次凌争辩说他整天上班，哪有时间老陪伴在她的身边。并说他上班还不是为了挣钱，让她们娘俩儿生活得更好。

从此，激烈的争吵便经常在他们之间发生，最终导致婚姻破裂。

皮默得到对德辰的监护权，次凌则负责将女儿抚养到十八岁。离婚之后，皮默和次凌很少来往。每当遇到难事和感到寂寞时，皮默总是后悔自己当初提出离婚未免有点儿太轻率了。

皮默手捧女儿的来信，陷入沉思。她想，决不允许女儿犯她同样的错误。于是，她给女儿回信。

亲爱的德辰：

看了你的信，得知你结束婚姻的消息，我很痛苦。亲爱的德辰，婚姻是一个相互调适的过程，我认识到这一点已经太晚了。当我与我所爱的——你的爸爸结婚时，我也像你一样对婚姻抱有不切实际的期望。实际上，我还可怜过我的一些由父母包办婚姻的朋友。他们甚至连"般配"一词都没有听说过！可他们从一开始就认识到，婚姻需要相互调适才能维持。所以，他们的爱情生活都很幸福和美满。为了维系婚姻，双方必须相互让步。而我却拒绝这样做。实际上，婚姻必须有耐心，才能天长地久。我喜欢你回家来看看，但不要一个人来，一定要与你丈夫和你们的孩子一起来。美满的婚姻不是自生的，而是要相互营造。

请千万不要犯我所犯过的错误，我希望你严肃地对待这封信，我衷心希望你们幸福。因为只有你幸福，我才幸福。

我期盼着你的回信。

爱你的妈妈

看了妈妈的信，德辰思绪万千。经过慎重考虑，她决定接受妈妈的忠告，重新找回她的爱情。

帕尼玛

一个星期天的下午，我在回故乡的路上遇到一位妇女。她长着一双大大的画过眉线的杏仁眼，耳朵上戴着大大的耳环。她体形瘦削，马尾发型，身着一件紧身罩衫，肩上披一条花色纱丽。红红的面颊和额头上的吉祥点，使她更加妩媚动人。我可以看到她下巴上有一道大大的伤痕。

我的眼睛正在寻找同伴，中午的阳光把我晒得浑身直冒汗。我没有犹豫便问她："对不起，我可以知道你叫什么名字吗？"

"帕尼玛。"她回答说，漂亮的脸上露着笑容。

"你去卡加普尔吗？"我猜测着问。

"是的，你也去那里吗？"她低声问我。

"我以前怎么从未见过你，帕尼玛，我从小就住在那里。"我进一步询问道。

"我刚刚结婚。"她羞答答地回答我说。

"什么时候结的婚？"我问她。

"2月16日。"她把确切的日期告诉我。由于我在加德满都待了四个月，她们结婚的事我一点儿也不知道。

后来，我得知帕尼玛是我的一个远邻。

"有空请到我家来玩。"她突然邀请我说。

"一定来。"我许诺说。说完，我们相互告别，各走各的路。

· 055 ·

几天之后，我来到帕尼玛家。她正在给奶牛挤奶。"哎，帕尼玛！你好吗？"我在院子里叫道。

"好，别客气，进屋里坐，我马上就来。"她膝盖上托着奶桶欢迎我说。

几分钟之后，帕尼玛提着满满的一桶牛奶从牛棚里走出来。

"大兄弟呢？"我问。

"可能在忙着赌博或喝酒。"她气愤地说。

"噢！"我说。

"谁都知道我只是外表高兴，但内心却难过得很。你瞧瞧这些东西，没一样是我们自己的，他已把一切都糟蹋光了。我不知道何时才能离开这个破家！"她继续说。当她在诉说自己的不幸时，我们听到外面有人在喊叫。

"谁呀？"我问。

但帕尼玛沉默不语。喊叫声越来越近，最后，那人进到屋里。只见他又瘦又高，衣着不整，右手提着一个酒瓶子。

"给我钱。"他叫道。

"我没钱。"帕尼玛告诉他。

"你有。"

"没有！"

听到此话，他挥拳就朝她使劲打去，简直就像一条疯狗。

看到这些，我的心情十分沉痛和悲伤。我急忙跑出她家。几天之后，我又去过帕尼玛家两次，但都不见她在家。只见她的门上挂着一把沉沉的大锁，我只好向最近的邻居打听她的情况。

她丈夫因酒精中毒，已于几天之前死了。她的财产也被别人抢走。从此再也没有人见到她。

我自我安慰地回到家。

几年之后一个晴朗的上午，我和妹妹一起爬一座印度塔。我一边爬一边数台阶。爬到第十六级台阶时，因为鞋跟太高，磕绊了一下，我差点就要摔倒。这时，一个妇女突然抓住了我的手。

"感谢上帝！"我说。

"瞧你数台阶的结果。"妹妹嘲笑我说。

"我今天差点儿去了西天。"我接着说。

"太感谢你了，大妹子。"我对那位妇女说。

她穿着淡红色的长袍，未佩戴任何饰物，马尾发型剪得很短。

"你还认识我吗？"我问。

"是的，认识。"她回答说。

"欢迎你到我们塔来。"她接着说。

我不知道说什么，也没有再问她。人们都称她为尼姑，但我知道她就是帕尼玛。

上帝之赐

一个炎热的夏日早晨，消防队长梅贾·辛格正在一张桌子旁狼吞虎咽地吃着早饭，妻子兰吉特·考尔从厨房里给他端上一盘刚出锅的鱼片。他们已经结婚九年，但眼下仍没有孩子。

辛格看了看表，整八点。他对妻子嚷道："亲爱的，别来鱼片了。吃了你这可口的饭菜，我该发福了。这对消防队员来说可不是好事。"妻子朝丈夫嫣然一笑。饭后，他们两人来到房子一角，赤脚站在墙上挂着的纳克宗师的肖像前。梅贾·辛格和平素一样，两手合十，默祷经文，妻子则双臂平伸站在那里。

祈祷完之后，梅贾·辛格拥抱了眼含泪水的妻子，安慰她说："亲爱的，不要灰心。总有一天宗师会听到我们的祈祷，赐给我们一个孩子的。"动身之前，梅贾·辛格再次对妻子说："一旦宗师赐福于我们，让你的怀里抱上儿子，我们就给他取名古尔佳尔·辛格，让他也成为一名了不起的消防队员。"妻子又莞尔一笑，送走丈夫。

在康诺特广场的消防队里，梅贾·辛格身着制服，和他的同事一道做好了准备。突然，电话铃响了。电话员抓起听筒，就听对方说："我是曼迪公寓，巴格万达的一幢高层楼房起火了，请快来救火！"电话员记下了对方的姓名和地址。然后按动紧急集合电钮。

在梅贾·辛格的指挥下，消防队员乘上消防车，很快到达失火现场。

梅贾·辛格不等车停稳就跳了下来。他扫视了一下火情：这是幢九层楼房，烟是从第五层和第六层的窗子里冒出来的。六层以上的男女老少都在哭喊救命，一片混乱。住在五楼以下的人们则抱着孩子和一点儿家私冲出楼外。梅贾·辛格正指挥着人们灭火，突然一个蓬头垢面的男人跪在他的脚下，语无伦次地哭喊着说："长官，快救救我的妻子和三个孩子吧，他们都被火困在六楼呢，求您快救救他们吧。"梅贾·辛格叫同事快把液压云梯架过来。

云梯向六层楼伸去。梅贾·辛格见一个女人站在该层楼的一个窗前。她的衣服已经起火，不停地大声呼喊着。突然，女人从窗口跳下，像个火球一样栽了下来。梅贾·辛格向她跑过去，那个男人也跟在他后边哭喊着跑来。

"我妻子死了，她死了。啊，天哪！"男人号啕大哭。然后发疯似的抓住梅贾·辛格的胳膊喊道："长官，救救我的三个孩子吧，我求求您了！"梅贾·辛格飞身跳上已伸到六楼的云梯，敏捷地跳进大火之中。借着火焰的光亮，他看到两个孩子躺在一个角落里，已经失去了知觉。他急忙抱起他们就往外跑。

大火烧焦了他的防火衣和防火面罩。他感到周身火辣辣的，但他还是回到了云梯上，带着两个孩子下到地上。他刚到地面，那个哭叫不止的男人便一下从他怀中夺过孩子，大声说："谢谢您，长官，谢谢您。可我那刚出生的儿子还在里面，请再救救他吧！"

梅贾·辛格看了一下自己已快烧焦的防火衣和身上的烧伤，又四下看了看，发现其他消防队员都在忙着。他二话没说，又跳上云梯，上到那个窗口。此刻，屋里已成火海。一股烈焰猛地向他扑来。他毫不犹豫，纵身跳了进去。四下寻找，发现那个小孩躺在那里，上面一根塌下的钢梁像伞一样把他遮起来。

他赶紧抱起婴儿，把自己那已被烧坏的防火衣给婴儿盖上。屋子里充满了烟雾，令人无法呼吸，他感到力不能支。他抱着孩子，心里默念着上帝的名字，来到窗前。他不住地咳嗽着，大口地喘着气。他抱紧孩子，慢慢下到地面，把婴儿交给他父亲。

梅贾·辛格的衣服也被烧着了，脸和头发也都被烧焦了，眼睛几乎什么也看不见了。他感到天旋地转，昏倒在地。

梅贾·辛格的妻子兰吉特·考尔干完家务已是中午时分。她听到街上的鼓乐声。她来到街上一看，原来是谁家在送葬。她觉得这不是个好兆头。回到屋里，她刚想要休息一下，就听到有人敲门。她开门一看，是丈夫的同事拉梅什瓦尔·纳斯站在门外。他支支吾吾地说："大嫂，今天有个地方失火了……梅贾·辛格负伤了……已被送进医院。我就是来接你去那里的。"她立即锁上门，坐在拉梅什瓦尔·纳斯的摩托车后座上走了。

在一间普通病房，梅贾·辛格全身包着绷带躺在那里。他一直在输液，呼吸困难。一个医生在给他量血压和脉搏。他旁边的床上躺着两个小孩，也都多少包着一些绷带。一个男子抱个孩子站在床前。

这个男子见到兰吉特·考尔，走上去哽咽着说："大姐，你是梅贾·辛格的妻子吧？"兰吉特·考尔点了点头。

他激动地说："我叫迪拉什·拉姆，我的家今天遭了火灾，我妻子死了，可我的三个孩子却被梅贾·辛格救了。若不是他，我也完蛋了。"他停了一下又说："大姐，梅贾·辛格今天的行为简直无法表述，我真没想到一个消防队员会冒死救我的孩子！"

兰吉特·考尔根本没听迪拉什·拉姆的诉说，只是呆呆地注视着满身绷带的丈夫。她在丈夫身边一直坐了几个小时，不停地为他祈祷，愿他安然无恙。

第二天，梅贾·辛格的病情恶化。他大口大口地喘着气，想要说什么。兰吉特·考尔俯下身去，只听他声音很低地断断续续问那三个孩子是否安全无事。她对他说孩子们都很好。梅贾·辛格放心地舒了一口气，合起手掌，好像在祈祷。兰吉特·考尔想和他说儿点什么，可他却毫无反应。

医生走了过来，试了试梅贾·辛格的脉搏，又听了听心脏，说他已经死了。兰吉特·考尔一下扑在丈夫身上号啕大哭起来。几个人过来把她架出病房。

　　为梅贾·辛格送葬的都是他消防队里的同事。悲痛欲绝的兰吉特·考尔由几个消防队员的家属安慰着。这小小的送葬队伍来到火葬场地。按照教规，兰吉特·考尔点燃了柴堆。她站在燃烧着的柴堆旁，任凭烟熏火燎，全然不顾，也不让别人送她回去。

　　火熄灭了，留下一堆灰和未燃尽的木柴和骨头。兰吉特·考尔转身走开。她刚走出几步，发现迪拉什·拉姆坐在地上，放在腿上的婴儿不安地挣扎着，不住地啼哭。他抬起头，把孩子举起来对兰吉特·考尔说："大姐，这孩子需要妈妈啊！"兰吉特·考尔看了看这位不幸的人，又看了看正在啼哭的婴儿。

　　从遥远的天际，传来她丈夫的话音，在她耳边回响："宗师会赐福于我们，让你怀里抱上儿子，我们就给他取名古尔佳尔·辛格……"这时，兰吉特·考尔回头看了看还在燃烧着的柴堆，从迪拉什·拉姆的手里接过正在啼哭的婴儿。她把孩子紧紧地抱在怀里，孩子马上不哭了。迪拉什·拉姆扑通一声跪倒在她的脚下。

代孕妈妈

爱丽丝是位非常可爱的少女,她家境富有,要什么有什么。当嫁给心仪的男孩迪克之后,她的生活变得更加幸福。婚后,小两口恩恩爱爱,甜甜蜜蜜。可他们的喜悦是短暂的。一天,爱丽丝不幸从梯子上摔下来,当场流产了。更糟的是,医生告诉她,她再也不能生育。

知道自己永远也做不成妈妈了,爱丽丝很是沮丧。自己虽然不能做妈妈,可迪克仍可以做爸爸呀。于是,她劝迪克再与别人结婚,但迪克从未这样去想。"如果那样,"他问,"那你怎么办?"

爱丽丝沮丧的心情使她的身体受到很大影响,她脸色苍白,一副病态的样子。看到这种情况,迪克提议收养一个孩子。但爱丽丝想拥有他们自己的骨肉。于是,他提出那就要一个试管婴儿,并称现在的技术是完全可以做到的。

经过努力,他们找到一位名叫迪玛的贫困未婚女子。她同意做代孕妈妈,但要价很高。为了满足她的要求,迪克和爱丽丝只好做出牺牲。迪玛想通过这次机会,改变自己的困境。

很快,迪玛怀孕了。从此,迪玛成为迪克和爱丽丝生命中最重要的人物。对迪玛来说,生孩子的经历是让人惊奇的事情,这激发了她从未有过的母性。她认识到她正在做的事情对爱丽丝的重要性,可母性使她割舍不下肚子里的孩子。

经过几个不眠之夜之后，迪玛决定把自己的想法告诉爱丽丝。于是她鼓起勇气，来到爱丽丝家。她对爱丽丝说："夫人，很抱歉，我不能……我不能放弃我的孩子，此事对我太重要了。"

双方陷入沉默，迪玛说的每一句话都像杵锤一样砸在爱丽丝的心上。这样一来，她的梦想彻底破灭了。爱丽丝开始哭泣，就像小孩乞求玩具。

看到爱丽丝伤心失望的样子，迪玛又提出了更加苛刻的交换条件。她想了一下说："我要是把孩子给你，那你必须以你的丈夫做交换。"

再次陷入沉默。

突然，迪玛痛得叫了起来。忘掉一切，爱丽丝急忙把迪玛送往他们就诊的私人诊所。医生脸色严肃地走向爱丽丝："情况有些复杂，"他说，"要孩子就保不住大人，要大人就保不住孩子，你说怎么办？"

尽管爱丽丝很想要孩子，可她没有忘记她的人性。她深深地吸了一口气，闭上眼睛，低声说："保大人……"

医生对此感到非常吃惊。当迪玛和孩子都安然无恙时，医生更感到吃惊。

不知是失望还是高兴，得到这一消息，爱丽丝转身要走。就在她要离去时，医生又回来告诉爱丽丝，迪玛想见她。

"我对我说过的话表示抱歉，孩子……给你。"说着，迪玛把孩子送给爱丽丝。爱丽丝看了看熟睡的孩子，和迪克长得一模一样。当她回头对迪玛表示感谢时，已经太晚了……迪玛已经永远地闭上了她的眼睛。

感恩的乞丐

"谢谢你，小姐。上帝保佑你！"当我把一枚十比索的钢镚儿放到乞丐老人手里时，他感激地用清楚的美国英语大声地对我说。我是在一个炎热的上午，在前往马尼拉公园做礼拜的路上遇到这位乞丐老人的，他当时正在路边拱手笑着向过往行人乞求施舍，只见老人笑着的嘴里一颗牙齿也没有了。

我来到阴凉处，舒服地与朋友坐在一起，但老人的音容笑貌却始终在我脑海里浮现。我从座位上起来，找了个理由，回到老人待的地方，却发现他已经不在那里了。就在我要离开时，发现老人正在不远处的一棵树下乘凉。

我邀请他与我一起去做礼拜，希望传教士能给他一些安慰。他说他的关节炎给他行动带来很多不便，所以他只好待在一个地方不动或少动。我决定与老人在一起待会儿，不一会儿，一伙十几岁的孩子路过，直盯着我们看。毫无疑问，他们一定不可理解，一个衣冠楚楚的二十多岁的年轻姑娘怎么会与一个又老又脏的流浪汉聊天呢！

在与老人的闲聊中，我得知他的名字叫詹姆斯·莫雷诺，今年八十岁。"皮纳图博山火山爆发时我就在这里了，大量像你这样拥有爱心的人才使我活到现在。"他说。他除了随身带的包里装着的一件衬衫和过去的几件纪念品以外，别无所有，他每天就背着这个包滞留于公园。下雨时，他就躲到树下或能够挡雨的水泥建筑下面。

经过进一步了解，我得知詹姆斯曾作为夜总会歌手在奥隆阿波市为美国大兵唱过歌，他就是在那里学得一口美国口音的。1991年皮纳图博山火山爆发时，火山泥流把整个城市淹没。他竭尽全力营救他的妻子和孩子，但他们还是死了。最后，只有他一个人活了下来。由于无处可去，他便来到马尼拉，并以乞讨为生。

我有保留地记下了他的故事——听起来像是一部戏剧性电影的情节。在他讲述他的经历时，我专注地看着他那双严重白内障的眼睛，极力断定他讲得是否是真的。我的眼神好像给了他提示，他从包里掏出一张五十多年之前拍的照片。这是一张很具魅力的照片，照片上的年轻小伙儿英俊潇洒，下颚突出，眼睛炯炯有神。"这是我在夜总会唱歌时的照片。"他自豪地对我说。我看了看照片，又看了看满脸皱纹的他，我不否认照片上的人就是眼前的老人。

"人们说这是上帝的惩罚。"詹姆斯说到自己的命运时说。为了使情绪轻松一下，我请他为我唱首歌。于是，他开始低唱起一首七十年代末很有名的歌，他的歌消除了我对他故事的怀疑。"我泪流满面，你为我把泪擦干／我困惑不解，你使我头脑清晰／我出卖我的灵魂，你为我重新买回……你将我放于高架之上，让我看到遥远的未来／你需要我／你需要我。"他的声音很好听，而且唱得很动情，我听了都禁不住哭了。

我的祖父母早就去世了，我问他，我可否认他为爷爷。"那是我的荣幸。"他高兴地朝我笑着说。这时，我们身边已经围了很多人。几分钟之前盯着我们看的那伙孩子此刻也朝我们笑了，他们很想听听我们在聊什么。"上帝把你赐给了我，"詹姆斯说，"瞧，我在这里这么多年，大多数时间没有人在意我，但由于你的出现，他们开始注意我。"

我从包里掏出相机，请在场的人为我和詹姆斯照了张相。当那些孩子离去时，詹姆斯转向我亲切地说："我送你一句话——常怀感恩之心，珍惜你所拥有。不要人心不足，上帝给你一个苹果，你还想要一打；上帝给你一打苹果，你还想要一袋。人一定要知足。"

当夜幕就要降临时，我买来几个汉堡包。我与老人在树下吃完汉堡包，就去与朋友一起做礼拜了。留下詹姆斯老人坐在公园的凳子上，我想他很快该准备睡觉了，我向他许诺有空再来看他。后来的三年中，我好几次回公园找詹姆斯老人，但都没有找到他。有人告诉我，他仍然不定期地来公园，我非常希望能很快再见到他。

　　詹姆斯老人的故事不禁让我感慨万千，一个穷困潦倒、以乞讨为生的人，竟能对他如此的生活境遇这样知足，并一直保有一颗感恩之心，我们生活无忧无虑的人，难道还有什么不满足吗？！

世上最好的饺子

每当我们在一起庆贺节日时，我总是对朋友说，我好想吃饺子！一想到饺子，口水就会流出来。从小以大米为主食的朋友听到我的话后，总会茫然地看我一眼，便什么也不说地走开。他们一定在想：天哪，可不要再吃饺子了！

我对饺子的钟爱始于童年。每年春节来临之前，妈妈都会告诫我和其他六个兄弟姐妹："你们一定要好好听话，否则过年时不让你们吃饺子。"那时，我们家很穷，能吃上饺子那可是莫大的改善。我们清楚地知道，不让吃饺子那该是多大的惩罚呀！于是，我们都规规矩矩地听话，盼望着春节早日到来。

除夕，妈妈和姐姐就会坐在砖砌的热炕上开始包饺子，她们一边揉面做馅，一边开心地说笑。在我们家的七个孩子中，我是老小。由于我年龄小，她们不让我参与她们包饺子这"高技术"的活儿，但我总是围在她们身边，看着她们包。她们一包就是几个小时，但却从不感到累，直到一排排的饺子摆满所有能放的地儿。晚饭，妈妈会煮一些饺子全家一起吃，但大部分要留到大年初一。

初一早上，妈妈五点多钟就起来，忙着烧火煮饺子。饺子下锅后，妈妈就把我们叫醒。怀着激动的心情，我们都从暖暖的被窝里赶紧起来，穿上头天晚上准备好的过年衣服。看爸爸放完鞭炮，我们全家人便高高兴兴地围坐在桌子旁一起吃饺子。

我始终认为妈妈包的饺子是世界上味道最好的。我长大之后，到过很多地方，不管走到哪里，我都在找寻与妈妈包得味道一样的饺子，但却从未找到。我想，缺少的是与家人一起包饺子和聚在一起吃饺子的温馨氛围。

吃过饺子，我们就去亲朋好友和街坊邻居家拜年，这是一年中最让人难忘的时刻。接下来的三天里，谁都不能说不好的话，相互都必须说过年的祝福话。

年初二，妈妈会让我们给邻居家送饺子。"还有人吃不上饺子。"她总是告诉我们。

"可你要包多少饺子呀，妈妈？我们还有饺子给人家吗？"我们会问。

"我们包了一千个饺子呢。"她笑着回答我们。

于是，我们便高高兴兴地端着饺子挨家去送。我把这当作神圣的任务，我想尽早让那些比我们穷的人一起分享我们的饺子。尽管当年我们也不富裕，但我们认为我们是很富的，至少妈妈是让我们这样感觉的。

上世纪八十年代初，当我七八岁时，肉还是难得的奢侈品。妈妈只在饺子馅里放很少的猪肉，但仍要包出一千个饺子。几年之后，我们的生活水平提高了，妈妈可以往馅里多放些肉了，而且与邻居分享饺子的传统继续保持着。

从护校毕业以后，我到外地工作，有时就无法回家过年。有一年我打电话问妈妈："你今年包了多少饺子呀？"

"每年都是一千个，闺女。"妈妈回答道。我可以想象到，妈妈在说这句话时一定是很满足地笑着。

六年前，我来到新加坡工作。这里离家更远了，我更不可能每年春节回家与家人团聚了。于是，我开始学着自己包饺子。但过年那天，我总是要给家里打个电话。"今年又包了一千个饺子吗，妈妈？"

"没那么多了，闺女，我老了，你在新加坡有饺子吃吗？"

· 068 ·

"有，妈妈，我自己包的。"

"好，好。"妈妈说。

我可以感到她对我很放心并感到幸福。妈妈是一个不善言谈的女人，在她看来，我只要有饺子吃，我在新加坡的生活就是好的。

最近几年，妈妈的听力开始减退，脑子也不像以前那样好使。两年之前，我打电话告诉她，春节我也要包一千个饺子。"我要叫我所有的朋友来与我一起分享，妈妈。"

她一时没有听清楚我说的什么。"这样好，这样好，闺女，"当她终于明白过来后说，"你长大了。"她说话的声音有点儿颤抖。

那天晚上，二姐打电话告诉我，妈妈放下电话就哭了。妈妈一生都在乐善好施，并一直教育我们兄弟姐妹要乐于助人，要善待他人，尤其是那些生活境况不如自己的人。现在她年老了，她一定对把传统的善行美德传给了下一代感到满意了。她知道，她的孩子也会像她一样，乐于与别人分享自己的所有。我想，这就是妈妈对她所有孩子的衷心期望。

爱不应该有条件

越南战争期间,约翰·克里斯在一次战斗中严重受伤,被紧急送往战地医院抢救。由于失血过多,克里斯几天几夜昏迷不醒。在医生的努力下,虽然他的性命保住了,却失去了一只胳膊和一条腿。

伤势痊愈之后,克里斯与其他伤员一道被送回美国,他从洛杉矶给家在纽约的父母打电话。接电话的是克里斯的爸爸。"爸爸,"他说,"我正在回家的路上,可我要带我一个战友一起回家,但愿您和妈妈不要介意。"

"当然不会,儿子,"很长时间没有听到儿子音信的爸爸很是激动,"我们欢迎他来。"

"可我必须让你们知道,"儿子接着说,"他在战斗中严重受伤,被地雷炸掉一只胳膊和一条腿。他父母早已不在,没有地方去,所以,我想让他来与我们一起生活。"

"哦,要是这样的话,儿子,我们还是帮他找其他地方去住为好。"

"不,爸爸,我想让他与我们住在一起。"克里斯说。

"儿子,"爸爸说,"你不懂,像这样的残疾人对我们是个极大的累赘和负担。我们自己要生活,而且还要面对许多意想不到的困难。我看你应该把那人忘掉,只要你能好好地回来就行了,他会自己找到生存之道的。"

听到这里，儿子挂断电话，父母再也听不到克里斯的声音。

几个星期之后，克里斯的父母接到来自洛杉矶警察局的一个电话。他们被告知，他们的儿子从一栋八层高的楼上掉下来摔死了，警察认定这是一起自杀事件。

听到这一消息，克里斯的父母悲痛欲绝，急忙飞往洛杉矶。一下飞机，他们就被警察直接带往陈尸所辨认尸体。

他们很快就辨认出了儿子的尸体，可使他们震惊的是，他们的儿子只有一只胳膊和一条腿。

双重欺骗

"你的孩子？"坐在拉丹身边的男子问道。她点了点头，脸仍朝着窗外。他们同乘一趟公共汽车回廷布，孩子是拉丹刚刚过世两天的妹妹的，还不满六个月。妹妹去世，孩子没人管，拉丹只好将外甥女带回自己的家。看着可怜的孩子，她不禁回想起她和妹妹在一起的日子，在庞楚进入妹妹生活之前，她们是多么幸福欢乐！

拉丹从未见过庞楚，只是听妹妹说他人不错，小伙子不仅幽默风趣，风度翩翩，而且事业成功，生意兴隆。她依稀记得德珍曾经笑着对她说过，庞楚唯一的不足是他的右手上有一块大大的黑色胎记。

庞楚和德珍认识不久就想结婚，但拉丹阻止了他们。她们的父母在一次事故中不幸双亡后，是拉丹一手把妹妹抚养长大的，她对妹妹的终身大事总是慎重着想。拉丹想对庞楚的过去做些调查，德珍虽然同意姐姐的意见，但还是说："你这是浪费时间，他是一个真正的好人，你是不会从他身上找到什么不足的。"

第二天，德珍一大早就去上班了，可她这一走就再也没有回来。拉丹到处找寻，找了十多天就是不见妹妹的踪影，后来，拉丹决定不再找寻，因为她断定德珍与庞楚私奔了。

一年之后，拉丹收到德珍一封信。"亲爱的姐姐：我给你写信是希望你能帮我一个忙。请尽快按信封上的地址到我这里来。因为我就要离开人世。请原谅我！"信是两个星期之前发出的。拉丹没有耽搁，简单收拾了一下东西就朝妹妹告诉她的地方出发。可当她抵达目的地时，发现当地人已经处理完妹妹的丧事，他们将德珍留下的一封信交给她。信这样写道——"最亲爱的姐姐：我知道你会来的，我已经等不到你来了。我早就想把我的境况告诉你，可自尊使我没有那样做。我现在认识到，如果当时听你的话，对他做些调查了解，我就不会有今天的不幸。请允许我简单地向你讲述一下我为什么要离开这个世界。当我向庞楚提到你要对他进行调查时，他非常紧张，提出要马上和我结婚。我实在太爱他，不好拒绝他的要求。于是，我没有顾及你和你的愿望，就与他结婚了。起初，我很幸福，他不仅非常关心我，而且几乎每天都送我礼物。后来他变了，一天夜里，他醉醺醺地回到家里，对我大打出手。从那天夜里开始，他就总是找我的茬儿，打骂成了家常便饭。后来，我发现他是有妻之人，且已经是十个孩子的爸爸。当我向他提起此事时，他就不停地打我，并把我从家里赶了出来。我在好心人的帮助下，在这个村子里住了下来。我知道我该回到你的身边，可我不能，因为我当时很快就要临产。不久我就生下一个可爱的女儿，既然庞楚不知道他的这个孩子，我想把她托付给你，我知道你会成为她真正的妈妈。被庞楚抛弃之后，我的精神受到很大打击，健康每况愈下。我预感到我活不了几天了，我祈祷上帝让我能活着见到你。一旦我不能见到你，请记着我是永远爱你的——你的妹妹德珍。"

公共汽车停下休整，拉丹从回忆中回到现实。"你的孩子真可爱！"正在逗孩子玩的邻座对她说。

邻座自我介绍说他叫庞楚，并讲了他和他家人的全部情况，他自豪地说他有三个可爱的孩子。末了，他说："对我来说，家庭意味着一切。"

在廷布，庞楚帮着拉丹和孩子坐上一辆出租车。当他们握手告别时，拉丹不禁吃了一惊，她发现庞楚右手上有块大大的黑色胎记。

破碎的心

"他昨天永远地离我而去。"女人低语道，眼泪从脸上流下："您治疗破碎的心，是吗？"

"是的，我是医生。"

坐在木凳上的精神病医生从桌上拿过病案纸，准备记录病人的病情。

"你爱他吗？"医生问。

她用颤抖的手拿起手绢轻轻地擦了擦眼泪，然后，把长长的黑发往后一甩，便开始诉说她的不幸。

"我爱苏尼……十一年来，我一直深深地爱着他。"

"他有钱吗？他为什么要离开你？"

"他是为了一个比我好看的女人苏佳塔才离开我的。"她嘴唇颤动着，黑黑的眼睛里闪着泪花，精神病医生继续听着。

"不了解情况的人都以为他有钱，其实是我从娘家继承下来的钱。"女人过了很长时间才说。

"钱财会慢慢用光，美貌会渐渐消失。"精神病医生富有哲理地说。

"我怎么能把他忘记呢？"她悲叹道，"他带走了我的孩子！"

"你的心太沉重了。"精神病医生打断她说。他能明显地想象到，在她丰满而匀称的乳房下面，有一颗心在剧痛。

"你是一个非常敏感的女人。"医生接着说。

"我是艺术家……一个画家。"

"获过什么奖吗?"

"没有。"

"你最喜爱的主题是什么?"

"希望。"

"我认为这纯粹是浪费时间。"

她扬起棕黑色的眉毛惊奇地看着他。

"您是说做艺术家浪费时间?"

"不,"他回答道,"我是说相信希望存在是浪费时间。"

"那您认为我该怎么办?"

"放弃苏尼,嫁给你的绘画,从此幸福地生活。"

"为了谁?为谁幸福地生活?"她的口气和表情现出完全的绝望。

她有一种直觉,认为苏尼哪一天会回来。

"我已为了苏尼放弃了绘画,"她惋惜地说,"因为他不喜欢我的艺术。"

女人心不在焉地将她的轮椅往前挪了挪。

"苏尼遇到我时,我已继承了很多钱财,"她自言自语道,声音低弱而沮丧,"可我患有小儿麻痹症……您瞧。"

"所以,苏尼实际上并不爱你,是吗?"精神病医生很肯定地说,"他仅仅是对你的钱财感兴趣,是不是?"

"不!"女人确信地说,"他把爱奉献给了我,作为回报,我与他分享我的钱财。"

"他的新女人怎么样?"

"您是说苏佳塔?我相信她根本不爱他。"

精神病医生从凳子上站起来。

"爱情随着时间的推移而消亡,你知道。"

"您确信是这样吗?"

"你会原谅苏尼的,你会的。"精神病医生安慰道。

"我可能会原谅苏尼,可我的孩子不会原谅他。"女人的头就像是一根枯茎上的一朵花垂了下来。

"他只是喜欢你的钱财,而不是你这个人。"精神病医生断然地说,语气中对女人充满着同情。

两个月之后,女人拨通精神病医生的电话。

"您好!我是阿拉蒂。"她先介绍说,因为她一直还没有向精神病医生作过自我介绍。"苏尼回来了!我和您说过他会回来的。"听得出她很高兴。

"真的吗?"

"他把我的孩子也一起带回来了。"

"那看来苏尼并不是一个坏人。"精神病医生修正自己的看法说。

"可怜的苏尼,他是没有办法才回来的。苏佳塔拒绝接受我们的孩子,她说她要去找她原来的丈夫,结果苏尼被人家给涮了。哦,就是这样!当然,那个女人并没有因为接受了他所有的钱而感到内疚!"

"那个女人突然改变了主意?"精神病医生洋洋得意地问,"所以,你又得到了苏尼,是吗?"

"哦,不!只是得到我的孩子。"阿拉蒂的声音听起来非常得意,因为他终于得到了报复。"苏尼既没有了钱财,也没有了工作,现在他连家也没有了,他无处可去……此刻,我心中想当艺术家的冲动又萌生了。我有能力抚养好我的孩子,我有能力独立生活……过全新的生活。非常感谢您,医生,您治愈了我破碎的心和破碎的灵魂。"

那天夜里,医治破碎心灵的精神病医生接到一个电话。电话是一个新病人——一个非常可悲的病人打来的。

"医生,我急需您的帮助。您医治破碎的心,是吗?"

这是一个被淹没在绝望黑暗漩涡中的男人的呼救,他不是别人,正是阿拉蒂的丈夫。

出生即别

九个月之前,我还只是一个很小很小的东西。慢慢地,我被一分为二,形成两个胚胎,并开始身体各个部位的发育。在我们有限的黑暗生活空间里,我们感到很不舒服。

我的弟弟不停地打扰我,经常不是给我一拳,就是踢我一脚,要不就是大哭大叫。他从不让我睡个安稳觉,我极力安慰他,我们很快就会见到一个又大、又亮、又漂亮的世界。

在我五个月时的一个半夜,我听到外面正在激烈地争吵。争吵者是一对男女,我猜他们就是我的爸爸和妈妈。此刻,我多么想出去看看他们是什么模样!

可他们的争吵越来越激烈。只听男的大叫道:"你想怎么处理这个孩子就怎么处理吧,反正我不负责!"

"要是这样的话,那我就去流产。"女的用手拍着肚子叫道,正好拍在我的鼻子上。

我和弟弟本能地知道危险即将降临到我们身上,于是,我们紧紧地抱在一起,无助地等待着我们的命运。

"我们是不是看不到外面的世界了?"弟弟眼含泪水问我,我只是以哭作答。第二天,我们果真遭遇打击。我听到从未听到过的流水声,我们遇到了死敌。这时,在我们身边好像突然出现一只晶亮的眼睛,只听有人说:"不要动——你已经死了!"

不到一个小时,我所在的房间便遭到破坏,一条红河穿过其间,接着,墙壁开始倒塌,我和弟弟在里面被抛来抛去,身体受到极大伤害。

我们求生地抱在一起,共同抵御凶恶的洪水。但到了晚上,我再也无力拉住弟弟,他被洪水冲走。我极力想把他抓住,但是徒然,他就这样走了!

我非常憎恨妈妈,我甚至发誓要报复她。

我幸免于难,独自一人在妈妈的肚子里又待了三个月,我多么希望能早点看到外面的世界。

一天,我的背受到重重的一击,是医生发现了妈妈流产没有成功。实际上,是妈妈不知道她肚子里怀的是双胞胎。弟弟被洪水冲走了,我则活了下来。妈妈不想给自己增添烦恼,想通过手术结束我的生命,但医生说已经太晚了。

此后不久的一天夜里,我听到一声尖叫。妈妈因劳累过度,我提前来到世上。只见妈妈浑身是汗,她捂着嘴,生怕邻居听到。她看了看我,低语道:"小魔鬼!"要是我的腿够得着,我一定踢她一脚。

她一口奶也没让我吃,就用一块破布把我包起来扔进垃圾坑里,我一直在垃圾坑里待了两天。在这期间,人们不停地往我的身上倒垃圾。

此时正值冬天,夜里天气很冷,我看到空中一道流星飞过。望着满天的星星,我可以许个愿吗?我唯一的愿望是希望其他母亲们不要犯同样的错误。再见了,残忍的世界!我知道谁都会死去,可我为什么就不能在这个世上多活几天呢?

他连墙都看不见

　　两位病情严重的病人住在同一间病房里。其中一个肺积水，医生每天下午都要从他的肺部往外抽水。只有在这时，他才得以允许在床上坐一个小时。他的病床就在病房唯一的窗子跟前。

　　另一位病人病情比他还要严重，不得不整天平躺在床上。两人躺在床上没有事就聊天，一聊就是几个小时。

　　每天下午，当靠窗的病人从病床上坐起来时，他就向他的病友讲述窗子外面的事情。只有在这一个小时，躺在床上起不来的那位病人才能领略到外面多姿多彩的世界。靠窗的病人向病友描述：窗子外面是一座美丽的公园，园中有一面波光粼粼的湖水。鸭子和天鹅在水上尽情嬉戏，孩子在游艇上高兴地蹦跳，年轻的恋人手挽手在彩虹般的花卉中依依漫步。远处，可以看到城市高大的建筑和参天大树……每当靠窗的病友绘声绘色地描述这一切时，躺在病房另一边的病友总是闭上眼睛，想象外面的美景。

　　一个温暖的下午，靠窗的病友说外面一支游行队伍正路过。尽管躺在病房另一边的病友没有听到乐队的声音，可听了病友的描述，他的眼睛好像看到了一切。他们就这样日复一日周而复始地待在一起。

　　一天上午，日班护士前来为两位病人擦洗身子，结果发现靠窗的病人躺在床上已经安详地死去了。护士很悲痛，叫人把尸体抬走了。同病房的病友问护士他是否可以换到靠窗的床上，护士为他调换了床位。他艰难地用胳膊肘将身子支起，企图看看窗外他盼望已久的景色。他很高兴，因为他终于可以亲眼看到外面的世界了。

他极力探头朝窗外看，可外面什么也没有，他所能看到的只是一面空墙。于是，他奇怪地问护士为什么他死去的病友将窗外描述得那么美好。

护士回答说："那人是个盲人，他连墙都看不见，他只是想鼓励你活下去。"

邻　座

　　为了赶公共汽车，我一大早就醒来。我赶紧冲了个澡，便急忙到旅馆服务台结账。当我来到车站时，汽车正准备启程，我庆幸没有误车。我很小就失去了母亲，是父亲含辛茹苦把我抚养长大。为了我，父亲都没有考虑再婚之事。不久前，我收到父亲一封来信，说邻居给他介绍了一门亲事，并称很快就要结婚，希望我能出席他的婚礼。我这次回来，就是专门出席父亲第二次婚礼的。

　　我刚坐到车上，汽车就发动了。最后上来的是一位看上去非常文雅的女士，她在我身边的座位上坐下。谢天谢地！幸亏不是一个脏兮兮的男子，我想。

　　当汽车驶出车站时，一股浓浓的香水味直冲我的鼻孔，我知道这味道来自我身边的女士。我靠在座位上，瞥了一眼与我同座的这位满身香气的同伴。只见她用一块手帕捂着鼻子，看着印度平原缓缓从窗外掠过。

　　"你好！"我试图打破沉默。

　　她转过头来冷冷地看着我，一句话也没说。

　　"看到我们是邻座，我想我应该自我介绍一下，我叫普泊·多尔吉。"

　　"你还是不要管别人的闲事吧！"她无礼的反应使得我们周围的一些乘客一下停止了说笑。

"对不起，"我接着说，"我并不想……"

"请不要打扰我，让我安静会儿好吗？"她大声打断道。很多乘客都把头转向这位看似文雅的女士，我窘得满脸通红，缩进座位，感到有点无地自容。

从奋错豪岭到琼格哈尔需要坐一天的车。此刻，我们才走了四分之一的路程。为了打发时间，我从口袋里掏出随身携带的一本古典小说，可看了没几眼就把书合上，因为车子太颠，没法看。于是，我开始哼唱起我最喜欢的歌曲。

我身边的女士转向我尖叫道："你能不唱吗？你会把我的耳鼓震坏的。"

我听了非常生气，可还是友善地朝她笑了笑。

我们在路上吃过午饭，然后回到车上各自的座位。我的邻座对我的举动不时说上一句"你能老老实实地坐着吗？"或"你的喘气好难闻！"等等。

和这样一位不识趣的邻座坐在一起，我感到很不自在。我正想调换座位时，车突然停下，几名武装警察进到车里，开始检查乘客的身份证。他们来到一位妇女跟前，妇女说她的身份证忘记带了。尽管她哭着声称她确实是不丹人，警察还是把她赶下了车。

坐在我身边的女士开始紧张起来。当警察向她走来时，她故作镇静，可脸色苍白，并不停地揉着手。

"你的护照，女士。"

"我……我……我……"

我猜到她肯定没有什么证件，于是赶紧插话说："她是我的妻子，这是我的身份证。"

他们看了看我的证件，便朝后排走去，只听我的邻座长舒了一口气。

警察将那位没有护照的妇女带走之后，我赶紧坐到她空出的座位上。我用眼睛的余光扫了一眼邻座，只见她悔恨地看着我换位。

过了一会儿，我感到有什么东西砸在我的耳朵上。不知从谁那里扔过来一张叠着的纸条，上面写着："对不起，谢谢你。"我知道是我原来的邻座扔过来的，但我没有理睬她。她向我扔来更多的纸条，我都没有打开来看。

  终于，我们抵达终点站。在车上颠簸了一天，我又累又渴。我决定先在路边的一家茶店停下来喝杯茶，休息一下再回家。当我到家时，天已经黑了。我在熟悉的大门上敲了几下，父亲把门打开，只见他手里挽着一个让我既眼熟又陌生的女人。她不是别人，正是那位与我同车的邻座。

误车之后

　　库马尔的皮货店虽然不大，可生意非常红火。人们之所以喜欢到他店里来买皮衣，是因为他这里的皮衣质量上乘，样式新颖。更重要的是他待顾客热情周到，不管遇到什么样的顾客，他都能让他们高兴而来，满意而归。

　　一天傍晚，就在库马尔送走最后一位顾客准备关门时，一位端庄的老太太走进店里。库马尔顿时感到不安，因为此刻他要去赶火车，再晚了就赶不上了。他怎么能既让老太太从容购物，自己又不误车呢？毕竟老太太进来时，商店还开着，总不能下逐客令吧！

　　库马尔一边这样想着，一边热情地接待老太太。老太太在店里转了一圈，可没有一件衣服是她看中的。她向库马尔问了很多有关毛皮的问题，因为她想知道不同毛皮的质地特点以及不同样式的价格。

　　库马尔急得浑身直冒汗，他清楚地知道今天是赶不上火车了。就在他焦躁地给老太太介绍各种不同毛皮和式样大衣的价格时，他突然惊奇地发现，老太太很像他已去世的妈妈，简直像极了，特别是她的笑容、表情和眼睛！

　　他觉得自己一定要帮助这位老太太，于是不再去想赶车的事。他向她讲起不同毛皮的质地特点，并向她一一作了展示，他甚至向她讲起更多的毛皮知识。

最后，老太太按自己要求的毛皮和式样定做了一件大衣。她把电话号码留给他，并向他表示感谢，然后离开了商店。

库马尔看了看手表，毫无疑问，他早已错过了要乘坐的火车。他将老太太留给他的电话号码和地址放进一个抽屉，然后关掉电灯，锁上店门，拉下金属安全帘，设好警报，便朝汽车站赶去。由于错过了火车，他只好改乘公共汽车回家。

当他乘坐的汽车路过火车站时，他惊奇地听到广播让乘火车的乘客到站外改乘公共汽车。

为什么？他不得其解。后来，当他得知他通常乘坐的火车遭遇了可怕的车祸，有很多人死亡时，他吓得毛骨悚然。坐在汽车里，他一直不停地发抖，他庆幸老太太让他错过那趟火车，使他幸免于难。

女士手包

他在路边树丛解完小便,拉上裤子拉链,转身离开时,突然发现离他不远处的一棵树下有一个女士手包。他鬼鬼祟祟地四下看了看,发现周围没人,便诡秘地走过去将手包捡起。这是一个深棕色鳄鱼皮手包,样式新颖,柔软光亮,他以前从未见过这样漂亮的手包。实际上,他从来就没有机会近距离接触过女士。

他的手摸着光亮柔软的手包,心想,它一定属于一位容貌美丽、穿着漂亮的女士。手包为什么会在树丛里呢?他不理解,这么新的手包就被扔掉不可能。会不会是有人从主人手里抢了手包,将里面的钱拿走之后扔在这里的?他决定还是放在那里不去管它为好,可他舍不得这个给他生活带来激动的手包,他再次小心地朝周围看了看。只见几辆小车飞驶而过,坐在有色车窗里的陌生面孔都无动于衷。他走向自己的摩托车,将手包放进车座下面的贮物箱里。

激动之下,他甚至把他已经失业两个星期和交房租的时间已到都忘记了。他在那里等了一会儿,确信周围没有人之后,才骑上摩托车,朝他租住的房子驶去。他从哈希姆·拜伊家租了一间房子与主人合住,这样的环境使他没有机会接触女人。在过去五年中,他每天一大早就去面粉厂财会室上班。他羞于交朋友,他的口吃更使他不敢与人交往。

要是有人看到他大下午的拿着一个昂贵的女士手包跑回家,必定会感到非常奇怪。一进到房里，他就把门插上，以便让自己急速跳动的心恢复正常。

他的房里除了一张床，其他什么家具也没有。他坐在床上，将手包打开，当他检查包里的东西时，他能感到他的心脏在激动地怦怦直跳。只见包里有几张发票，一支口红和一把指甲刀。他拉开手包的另一层拉锁，发现里面有几枚硬币和一块折叠好的面巾纸。他饶有兴趣地研究起面巾纸，他从未见过这种东西。看到雪白柔软的面巾纸，他一阵激动。当他将面巾纸贴近脸颊，顿觉一股扑鼻的花香味道。香味使他激动，好像他就在女士身边，抚摸着她，欣赏着她皮肤散发出的芳香。接着，他打开口红盖，这是一支褐红暖色调口红，已经用了一多半。他小心翼翼地将口红举到唇边，只觉一股水果味直冲他的鼻孔，他感到自己好像进入了一个不同的感觉世界。

他恍恍惚惚地度过了那个下午余下的时光，极力想象着带有花香味和抹着褐红色口红的女士。她一定是一位二十岁左右的年轻姑娘——身材苗条，面容姣好，头发油黑，发型短俏。不知怎的，他确信她留的是短发。夜里，他想象着她穿着他曾经在一家商店橱窗里看到的那种透明的白色睡衣躺在床上。他激动不已，辗转反侧，难以入睡，他自己也不知道后来是怎么睡着的。

当他醒来，他看到的第一件东西就是放在他身边的手包。他爱恋地轻抚了它一会儿，便起床收拾房间。中午，他要去一家药房应聘面试；明天，他还要到一家豪华购物中心新开的百货商店面试。他希望至少有一家能够聘用他。要是他没有口吃的毛病，他会很容易在城里找到一份工作，他遗憾地想。如果不是自己的生理缺陷，他甚至完全可以找到一份收入很好的工作，而且有机会与各方面的人接触。

早餐之后，他决定把捡到的手包交给警察，他不想再让失主等待。于是，他带上手包，毫无把握地走进当地警察局。

"我可以见见警长吗？"他对值班警察说。他感到释然，因为他在说这句话时没有结巴。值班警察向他指了指警长办公室，他走进警长办公室，警长停下案头工作，抬起头来，一双浓眉大眼透着威严。

"我……我……我……捡到一个手……手……手包……"他口吃地说，脸涨得通红。

"你是在哪里捡到的？"警长漫不经心地问道。

他费了好几分钟才把捡到手包的经过讲清楚，但他没有说他是在前天捡到的。警长伸手接过手包，这时他才意识到他不想将一直抓在胸前的手包交给这样一个不太在意的人，可他没有别的选择。警长打开手包，检查里面的东西，他则呆若木鸡地站在那里。

"你确信包里没有钱？"警长声音很粗地向他问道。

"钱……钱……？没……没有……"他结结巴巴地说，想到他把包里的那张面巾纸放在了自己的枕头底下，他就感到有点内疚。

警长疑惑地看着他，嘴里含糊不清地"哦……哦……"着。

值班警察把他的名字和住址记下来。

"暂时就先这样。最近一段时间，我们相继收到了好几起手包被抢的报告，我们将通知那些报案的女士前来认领。"警长说。

他离开警察局，赶紧去应聘。然而，在面试时，他比平时更口吃了，药店老板面试了两分钟就让他走人。

他再次回到他租住的房子，陪伴他的只有那张旧床和依然散发着花香的面巾纸。那天夜里，他就把面巾纸贴在胸前睡了一夜。他的下一次面试定在下午，他一上午都在警察局附近荡来荡去，密切注视着进入警察局的每一位女士。

下午两点刚过，他的监视有了收获。一位身材修长的女士从小车里出来，只见她留着一头棕色短发，鼻梁上架着一副大大的黑色眼镜。他感到血管中的血液流动在加快，一定是她，他感到好像认识她，他急切地等在树下。大约半个小时之后，女士从警察局出来，手里提着的还是她进去时提着的那个大塑料袋。或许，手包就在塑料袋里面，他想。他快速发动摩托车，紧随小车而去。幸亏路上车不多，且她住的不是太远，他看到她走进一座公寓。他把摩托车停好，也跟她进入公寓，他与她一起走进电梯。

她摘下太阳镜,她看上去二十七八岁,但并不像他想象的那样漂亮。她瞥了一眼他手上戴着的磨损的手套和脚上穿的破鞋,便蔑视地转过脸去。她在七层下电梯之后,电梯内仍有一股很浓的香水气味。他乘电梯回到一层,感到很尴尬和傻气。

他突然想到他还有一场非常重要的面试。他不顾人们的辱骂,加大油门,强行超车。一路朝面试的商店疾驶而去,可还是晚了十五分钟。他头发凌乱、慌慌张张地进到面试的房间。

负责面试的是一位老妇人:"是不是交通出了问题?"她和善地看着他,客气地问。

他肯定地点了点头,因为他怕一开口又结巴,她要过他的证明材料细看了几分钟。

"你为什么要离开你原来的单位?"老妇人问道,"我看到你在那里已经工作了五年。"

"过去两年,我所在的单位生意一直不好,他们在不断裁员。"他很有条理地解释说。

她同情地点了点头。

"你过去的工作表现不错。"她从他提供的证明材料中看到。然后,他听到了在每次面试之后他渴望听到的话:"我相信我们会录用你的。"

"谢……谢……您……您,太太。"他结结巴巴地说。

她惊奇地抬起头,然后,安慰地朝他嫣然一笑。

他感激地看了她一眼,收起他的证明材料离去。他心里想,尽管他至今还不知道手包的主人是谁,可他确信是手包给他带来了好运,使他顺利通过面试,很快又找到一份工作。他跨上摩托车,启动马达,高兴地疾驶而去。

知恩图报

很显然，走进赛场中央的这匹大灰马并不是一匹纯种马。不过当聚光灯聚焦在它身上时，全场顿时沉寂了下来。在主人与他的妻子和五个孩子的陪伴下，大灰马转身面向观众。

就在这时，先是远处响起零零星星的掌声，接着是一万三千名观众从坐台上站起来的欢呼声。

这是1959年11月在麦迪逊广场举行的全国马展。如果这样一匹上好的马没有获得冠军的话，那肯定有什么蹊跷。

马的主人名叫哈里·德·雷尔，在荷兰的一个农场长大。他在与孩提时的意中人结婚之后，便一起横渡大西洋，来到美国安家，哈里和新娘当时身上总共只有一百六十美元。他们先在北卡罗来纳州尝试种植烟草，后来又在宾夕法尼亚州的一个马场工作，哈里对马可谓情有独钟。最后，他在长岛的诺克斯女子学校找到了一份马术教练的工作，他们的故事也就从这里开始了。

那是二月份的一个星期二，天寒地冻，哈里刚从一个马匹拍卖场上回来。全家都出来迎接哈里，看看他为学校挑来了什么好马。货车门打开了，只见车里是一匹灰白色的高头大马。它慢慢地从斜板上走下来，然后便站在那儿一动不动，马蹄没在刚下过的雪里。

五个孩子中的一个拉了拉妈妈的羊毛外套说："它看起来真像个

· 090 ·

雪人。"

雪人！这个名字妙极了！可这匹大灰马就那么安安静静地站着，在明媚的冬日阳光中眨着眼睛，好像它和哈里之间有一个天大的秘密。

整个赛季，雪人都受到了良好的训练，而且它的确是匹良马。可惜到了学校放暑假的时候，一位邻居想要把它买走——他出的价钱是哈里买它时的两倍。哈里很不情愿，可在邻居的一再坚持下，最后还是忍痛割爱卖给了他。

没有雪人的日子，哈里一家很是难过。随着日子一天天过去，哈里发现他和他的全家不能没有雪人，他们实在太爱它了，他开始为这桩买卖后悔。看得出来，雪人也很难过。就在这个时候，这匹被阉过的灰马展现出了它不为人知的才能。邻居家的马圈栅栏非常高，可雪人还是一次次地设法逃出栅栏，一心要和它的原主人团聚，和它深爱的那一家人团聚。

一天，这种团聚终于得以实现，哈里把这匹马又买了回来。后面有关这匹马的故事就都是有据可查的了：长岛地区沙点马展冠军；雷克维尔地区费尔菲尔德马展冠军。越来越多的冠军称号，越来越多的大展，直到有一天最终的梦想变成了现实——它参加了在麦迪逊广场举行的全国马展，获得"年度最佳骏马"称号。这个称号将保持两年——不过这可不是因为它善跑，雪人的长处在于它善跳。要不是邻居家那道栅栏把这匹知恩图报的马和想念它的主人分开了，没有人会知道它的这个特长。

说雪人知恩图报是有原因的。要知道，哈里和雪人初次见面那天，哈里很晚才赶到拍卖会现场，最好的马早就卖光了。

哈里与这匹马似乎有缘，而且好像还有什么秘密把他们连在一起。哈里看到它的瘦骨嶙峋、鬃毛暗淡和伤痕累累的腿时，就看出了这个秘密。

因为这匹被阉过的大灰马，也就是后来所向披靡的雪人，那天是从仅有的另一个买者手里救出来的，这个买者本打算送它去的地方是熬胶厂。

布姆巴与盲姑娘

布姆巴是个自私的小姑娘,她除了玩具,没有任何朋友。在她众多的玩具中,她最喜欢的是一个叫皮珀的白熊。

但布姆巴从不与任何人分享她的玩具,爸爸对她的自私行为很不高兴。妈妈则说:"或许小孩都是这样,等上学后就会好的。"可情况并非如此,布姆巴上学后,变得比以前更加自私。

父母开始为女儿担忧,他们认为必须改掉孩子的这个毛病。于是,他们决定带布姆巴去孤儿院,让她亲眼看看那里的孩子是怎样生活的。"亲爱的布姆巴,我们想带你去孤儿院看看。既然你已上学,你就用不着那么多玩具了,你最好捐出一些给孤儿院的小朋友,这样做显得你多慷慨和无私呀!"可布姆巴则不这样认为,她发起脾气,大哭大叫,怎么哄也不成。但父母坚持他们的决定,布姆巴必须捐出她的一些玩具。

他们决定第二天就去孤儿院。

"布姆巴,你把玩具都包好了吗?"出发去孤儿院前,妈妈问。

"没有,我不想把它们捐给孤儿院。"布姆巴撅着小嘴说。

妈妈没有理会,包起一些玩具,布姆巴最喜爱的玩具熊皮珀也包了进去。

"不,不要把皮珀包进去。"布姆巴叫道。但妈妈没有听她的,他们向孤儿院走去。布姆巴一直哭了一路,因为她不想失去皮珀。

布姆巴向孤儿院捐出了带去的玩具，唯独皮珀除外。她想把皮珀送给某个特别的孩子。就在她找寻这样的孩子时，一只小手突然从她的背后抓住皮珀。布姆巴回头一看，发现是一个盲姑娘。只见盲姑娘身体很是瘦弱，但抓着皮珀，她看上去非常高兴。一个盲姑娘是怎么看到皮珀的？布姆巴迷惑不解。她一定很特别，布姆巴决定就将皮珀送给盲姑娘。

布姆巴的父母向孤儿院的主人拉奥夫妇询问盲姑娘的情况。"她叫苏奈娜，因为她是个女孩，且一生下来就看不见，所以受到父母的歧视和虐待。他们认为她是他们家的祸根，就在他们要抛弃她时，我们救了她。她是一个非常可爱的孩子，可因为她双目失明，没有人愿意收养她。"拉奥先生介绍说。

"但盲人有时比明眼人看到的东西更多。"拉奥太太补充道。

那怎么可能呢？布姆巴想。看到苏奈娜爱不释手地紧紧抱着皮珀，布姆巴走向她。"苏奈娜，这是布姆巴，玩具熊就是她送给你的。"拉奥太太对苏奈娜说。

苏奈娜伸出一只小手抚摸布姆巴的脸。"布姆巴！"她眼睛对着布姆巴高兴地说。

这时，布姆巴知道她为什么叫苏奈娜了，原来苏奈娜就是美丽眼睛的意思。她虽然看不到任何东西，可她的一双眼睛闪亮，她的整张脸就像涂了彩似的。要是她的眼睛能看到这个世界该有多好啊！

就在布姆巴与苏奈娜玩得开心时，父母告诉她天不早了，该回家了。告别苏奈娜时，布姆巴有了一种新奇的感觉，一直被溺爱的布姆巴第一次学会关爱别人。

回到家里，布姆巴仍像往常那样玩耍，可苏奈娜的面孔却时常浮现在她的面前。第二天，布姆巴告诉父母她还想去孤儿院，父母听了既高兴又惊奇，他们带她又来到孤儿院。布姆巴非常紧张，因为她不知道该怎样与苏奈娜交往。但布姆巴一来，苏奈娜就抱住她高兴地叫道："布姆巴！"布姆巴很高兴苏奈娜还记着她的名字，于是马上放松了下来，布姆巴和苏奈娜很快成了好朋友。

由于她们在一起玩得很开心，布姆巴父母只要外出就不忘带上苏奈娜。很快，她们就都喜欢上了对方。布姆巴乞求父母接纳苏奈娜成为他们家的一员，但父母却不无担心，因为他们怕布姆巴最终会厌烦苏奈娜。所以他们告诉布姆巴，他们要考虑考虑再说。但几个星期之后，布姆巴不但不厌烦苏奈娜，反而越来越喜欢她。布姆巴继续缠着父母接纳苏奈娜为他们家的一员，经过长时间的考虑，父母最后同意了。当他们把决定告诉拉奥夫妇时，他们甚是高兴，苏奈娜更是高兴地跳了起来。

　　就这样，苏奈娜被合法收养。苏奈娜有了新家，而布姆巴则通过此事学会了怎样关爱他人，当然，她又得回了她心爱的玩具熊皮珀。

默默无闻的相助

我每天在家里除了干活还是干活，从早到晚干不完的活。

一天下来，我累得就像木头躺下就能睡着。我们居住在一座小镇，爸爸是个富裕的农民，妈妈在世前，我生活得很幸福。但我十二岁时，妈妈离我而去。不多久，爸爸又结婚成家，继母是个刻毒的女人，两个继妹也像她们妈妈一样。

我很喜欢上学读书，但继母来到我的生活中后，她就不让我上学了。然而我还是说服爸爸让我自学，到时去学校参加考试。我已经参加完高中考试，现正等待结果。对我来说，既要干所有的家务活又要学习是很困难的，继母和继妹对待我简直就像对待奴隶。家里还有一个人也与她们血脉相承，他就是与我们生活在一起的继母的弟弟马玛吉。

马玛吉经常取笑我，因为与继妹相比我显得个头小，他就叫我小不点。我很不喜欢他这样叫我，我的名字叫贝拉，我喜欢这个名字，因为这是妈妈给我起的。

妈妈在世时，我的生活与现在是完全不同的。一次，我与父母去参加一个婚礼，我们在婚礼上遇到妈妈的朋友苏米特拉阿姨。她看我长得很可爱，就与我父母商量将来让我嫁给她正在上学的儿子莫西特。我父母当即同意了这桩婚事，决定等我们两个毕业后就让我们成家。

但现在事情却完全变了，身在这样一个家庭环境，我看不到一线希望。

由于整天劳累，我的身体越来越弱。当我从镜子里看到自己时，我发现我的脸十分憔悴，眼睛下面都是黑圈，我感到很累，整天闷闷不乐。

当苏米特拉阿姨来信向爸爸提起当年的许诺，让他去他们家最后定下我与莫西特的婚事时，笼罩在我头顶的云层才突然出现一线光亮。爸爸与对我任何事情一点都不关心的继母商量我的婚事，她假装听从了爸爸。

可就在第二天，我听到继母对马玛吉说，这桩婚姻对我太好了，男方名叫莫西特，是个医生，她想让她的一个女儿嫁给莫西特。听到继母的话，我的心在希望与无望中下沉，因为我知道继母是什么事都干得出来的。

就在这时，我突然病了，我的病改变了事情的轨迹。医生建议我爸爸带我去城里的医院做检查，于是第二天我们去了城里，晚上才回到家，检查结果要次日才能出来。

第二天，马玛吉去城里取检查结果。当他下午回到家时，我正在焦急地等着他的到来，他看上去很严肃。他把继母叫进屋里，我想知道我到底得的什么病，于是便赶紧藏在了门后想听听结果。

当我听到检查结果时，我的世界一下坍塌了，检查报告说我得的是艾滋病。

我听了很是震惊。几年之前，我从树上摔下来，严重受伤，曾经输过血。医生认为我一定是那时输血时传染上了这病，我很是害怕，但更让我震惊的是继母和马玛吉计划要做的事情。马玛吉正极力说服她尽快把我嫁出去，他告诉她把我留在家里对他们都是个威胁。

继母同意把我尽快嫁出，一切都由马玛吉来策划，他通过贿赂，搞到一张正常的体检报告，以让我顺利结婚。

于是，我出嫁的准备工作开始了。从那天开始，我可以感觉到继母眼睛里的恐惧。马玛吉也与以前变得不同，没人敢与我说话，爸爸变成一个冷漠的人。在整个事件中，我好像没有一点发言权。

我被匆忙嫁出，我对莫西特和他的家人感到很是内疚，可每个人看上去却如此高兴和喜欢我。

当我坐在普贾女神庙里的女神面前时，我发誓一有机会，就把真相告诉莫西特。我得艾滋病的事爸爸不知道，他一直还被蒙在鼓里。

婚礼结束，下午我们来到婆家。在我的新家，又举行了一些仪式，气氛很是喜庆。由于这些如此慈爱和善良的人不知道我的实际情况，我心里感到很是不安。

当最后只剩下我和莫西特时，已经是深夜。我开始哭起来，他以为我在想自己的亲人，后来，我鼓足勇气，脱口向他说出了真相。

他盯着我看了一会儿说："你不用担心你的体检报告，你一切都很正常，那是一个假报告。这是马玛吉一手设计的，以便从地狱里将你拯救出来。"莫西特告诉了我马玛吉是如何找到他们并把他的想法告诉了他们，出于对艾滋病的恐惧，继母才赶紧将我嫁出。

我简直不敢相信我的耳朵，我怎么也想不到，是马玛吉设法帮助了我。我现在才知道，原来是他在默默无闻地不时帮我浇后院的花和做家务杂事。我的生活突然出现了希望和亮光，这一切我都应感谢马玛吉。

婚后，我携丈夫第一次回到娘家。看到我们，爸爸很是高兴，但继母看到一个彻底改变、看上去如此美丽的我，却惊讶不已。

我的眼睛在搜寻某个人。

晚上，我来到后院，只见马玛吉正在给花卉浇水。我走近他，躬腰触摸他的脚，向他致谢。

"不要，不要……你是没有病的，贝拉！"他眼里含着眼泪说。

"不，马玛吉，叫我小不点。"我告诉他。

"可这个名字你从不喜欢呀！"他说。

我无法用语言表达我对他的敬意。他对每个人都默默地奉献着爱心，就像早晨美丽的露珠无声无息、不知不觉地落下，它们是上帝恩赐的天堂之珠。

我情不自禁地哭了起来，我的眼泪告诉了他一切。

朋　友

狂风在漆黑的夜里吼叫，刮得树上的叶子哗哗作响，彼默在床上辗转反侧，难以入眠。她睡不着并不是因为外面的大风，而是良心的刺痛让她不安，她内心有一种负罪感，她感到自己犹如一个正在潜逃的罪犯。她知道她永远都不会原谅自己的所作所为，越想她越感到内疚。

彼默和克桑从小就是最要好的朋友，不管日子是好是坏时，她们都相互关照，但在学校她们却是学习上的竞争对手。

彼默在学校不显山不露水，是一个学习很一般的学生。尽管如此，但她对拥有女孩一切优点的朋友克桑却感到非常自豪。克桑不仅学习优异，各项运动也很出色，而且是学校里长得最漂亮的姑娘。

一些同学竭力影响头脑简单的彼默，试图破坏她与克桑的关系。彼默最初并没有受此影响，但随着克桑越来越引人注目，事情发生了变化，她开始妒忌起克桑。

后来有一天，当彼默在家做作业时，突然在书里发现了一张纸，只见字迹工整，这是克桑参加班里比赛写的作文，她一定是无意中忘在了彼默的书包里。起初，彼默想把作文还给克桑，但她知道克桑的作文必定会为她已经密织的桂冠上再赢得一根羽毛时，最初的好心被妒忌之心所代替。

那天早上她遇到克桑时，克桑看上去很是着急。"我不知把作文放哪里了，"克桑哭着说："今天是作文比赛的最终期限了，我可怎么办呀？"

已经没有时间重写作文，克桑骂自己太粗心了，一点都没有怀疑彼默在其中所做的手脚。

那个周末，作文比赛结果公布，正如所料，第一名被别人夺得。彼默成功地实现了她的计划，但她的成功让她感到很内疚。实际上，此事让她一夜没有睡着。第二天她做的第一件事就是递给克桑一张字条，向克桑坦白并对自己的所作所为表示道歉。她认为克桑不会原谅她，她一整天都不敢见克桑，就在她要离开学校回家时，克桑遇到她。

让彼默惊奇的是，克桑满脸笑容，好像什么事都没有发生似的。"听着，彼默，"克桑挽着彼默的胳膊说，"不应该全怪你，我也有责任。只要我还有你这个最好的朋友，我并不在意失去作文比赛的第一名。"

彼默根本不相信自己的耳朵，当她们拥抱在一起时，她的眼泪差点流了出来。

搭错车

空气清新爽悦，一切看起来都洁净如洗，雨已经停了。普雷斯将头探出车窗，深深地吸了一口新鲜空气。哦，感觉真好！一切都那么清新！载着雨水的树叶儿稍稍倾斜着身子，花儿在凉爽的微风中微微晃动。

司机停下车，让大家稍事休息一会儿。普雷斯转头看着车内的座位，车上几乎没有什么人了，因为大家都下车休息或买东西了，哥哥维尼也下车买吃的去了。普雷斯和维尼都是第一次外出旅行，所以两人都很兴奋，他们是去迈索尔舅舅家。本来他们是要和妈妈一起去的，可就在他们启程的前一天，姨妈摔伤了膝盖，需要妈妈留下来照顾。

尽管妈妈勉强同意让他们自个儿去迈索尔家，可她还是很不放心他们的安全，因为他们从未单独出过远门。现在，他们就在路上，妈妈要他们一到迈索尔就给她打电话，可是维尼摆出一副不屑的神情。普雷斯也说："我都15岁了，不要为我们担心！"

不一会儿，乘客都慢慢地朝车子走来，普雷斯伸着脖子想看看维尼回来了没有。一对老夫妇手捧一挂芭蕉缓缓走进车里，接着是一位紧握百事可乐塑料瓶子的年轻人。维尼在哪儿呢？她正想着，注意力却被站在窗外的一个手托油炸花生盘的小孩所吸引。出于同情，她身子探出窗外买了两袋花生。普雷斯四下看了看车里，发现下去的乘客大都回到了自己的座位上。维尼到底哪儿去了呢，她心想。一丝恐惧感悄悄袭上她的心头。

司机也已回到驾驶座上，可仍不见维尼踪影。见车子开动，普雷斯急忙从座上起来，跟跟跄跄地冲到司机跟前。"停下！"她大声朝司机喊道。

司机闻声刹车，转过身来，皱着眉头看着她。"什么事？"司机问道，一副很不耐烦的样子。

普雷斯很紧张地向他解释道，她哥哥还没回来。

"赶紧去找，我们不能再耽误时间了。"司机厉声说道。

普雷斯犹犹豫豫地下了车，心里忐忑不安。外面很冷，风力变大，不再是刚才舒服的微风。

维尼在哪里呢？她不安地想着，她走进一排商店中的一家小茶馆。旁边就是公路，每当汽车呼啸着开过，普雷斯都感到冷风狠狠地抽打着她的脸。天色很快变黑，她到处张望，希望能看到维尼的身影。

让她惊慌的是，茶馆里空空的，只有店老板一个人在。隔壁卖小吃的店里也没有维尼的踪影，她向店主描述了维尼的样子，并问他是否来过这里。店主回答说好像来过，不过已经离开好一会儿了。

普雷斯沮丧地四处搜寻着。他到底跑哪儿去了呢？恐慌占据了她所有的感官，她差点就要哭出声来了。最后，她疲惫地回到车上，维尼失踪了！这个念头彻底击垮了她。普雷斯开始大声地哭起来，司机有些吃惊地瞪着她，其他乘客问她发生了什么事。她一边啜泣，一边断断续续地向他们解释。乘客听了之后，一位男士提议大家都去找维尼。然而，司机却不高兴了，他粗鲁地抱怨着说，这样的淘气鬼应该扔下不管。一听这话，普雷斯哭得更厉害了。一些乘客严厉地谴责司机，并赶紧下车去找维尼。普雷斯坐在位子上，心里在不停地祈祷着，希望他们能找到哥哥。她往窗外看去，夜幕即将降临，她感到一阵寒意蓦地穿过脊背。他会在哪里呢？他发生了什么事情？

刚过了10分钟，司机就开始大声地按喇叭，他想快快地结束行程。当普雷斯看到下去的乘客一个个陆续回来，却不见维尼的踪影时，她的心不断往下沉。当她再次大声哭起来时，一些妇女都纷纷安慰她。我该怎么办？普雷斯心想，我要对妈妈说"我把维尼弄丢了"吗？

就在他们的车刚刚驶上公路时，迎面开来的另一辆公交车停在他们面前，挡住了他们的去路。司机再次一边咒骂着，一边停下汽车，一个男孩从那辆车上跳下，朝他们跑过来。

普雷斯不知道发生了什么事情。就在这时，她看见一张再熟悉不过的面孔晃进车里，她的心怦怦直跳，维尼！他从哪里冒出来的？他跑过来，紧紧地抱住她，其他人都吃惊地看着。"你跑到哪里去了？我都快担心死了！"普雷斯生气地质问道。

维尼不好意思地看着她："我上错车了，当车开动时，我就发现上错了车。我拼命地向司机解释，可他就是不相信我。和他解释了很久，他这才把我送回这里！"

普雷斯摇了摇头，对哥哥愚蠢的行为感到非常吃惊。"你想一下，如果我们俩被扔在这里，会发生什么事情！真的，维尼，是你才需要照顾，而不是我！"她激动地说。维尼想要和妹妹争辩，可是看看其他乘客的脸（他们都在听他们对话），就闭上了嘴巴。"把毛衣递给我好吗？"在这寒冷的夜里，只见他的身子在瑟瑟发抖。

隔壁病房的帅小伙

我从小就爱生病，随着年龄的增长，生病越来越频繁。两个月前，我突然从椅子上摔下来。我被赶紧送往医院，结果躺在病床上就再也出不去了，一住就是几个月。我身体又虚又弱，医生说我的病已经没有治好的希望，母亲不忍心见到我，很少来医院看我，只有父亲不时来看看我。

17岁时，我就在当地一家报社找到一份工作，而且收入不低。到23岁，我拥有了一套属于自己的公寓房，并成为报社的助理编辑。为了我将来生活有保障，父母专门为我设立了一笔基金。这不，现在我真的像废人一样躺进了医院的病床上。当我认识到我已不能再为报社工作时，我辞掉助理编辑的职务，可报社仍为我保留了"专栏作家"的职务，并按月发我薪金。躺在枯燥乏味的病床上，每星期的写作任务便成了我唯一的安慰。如果没有这个，恐怕我的精神早就恍惚了，如果没有他，我也该死于恍惚了。

我几乎没有朋友，我现在这样，更没有人来看我。在他出现之前，我没有感到我需要人。

他……他是谁？身着闪亮盔甲的骑士？我的救星和保护神？

哦，抑或是，抑或不是。看得出，他爱我，显然他以前没有这样爱过一个姑娘。可为什么呢？这不是我该问的问题。

一天夜里，他突然出现在我的身边。对我来说，那是一个我心情特别不好的夜晚。我感到非常孤单，黑暗的病房让我恐惧。我怀念以前的生活，我诅咒病魔使我成为一个智力迟钝者，完全听任别人的摆布。可他并不同情我，他来我这里不是出于对我的怜悯，他就像医生对待病人一样对待我。据我所知，他不是医院的人。他长得非常英俊，但他吸引我的不是他的长相，而是他的热情和笑脸。他就像一盏明灯把黑暗中的我照亮，使我感受到他人的关爱。他没有给我介绍他自己的情况，对我，他除了知道我的名字，其他什么也不知道。他没有像其他人那样听到我要死而离我而去，有他的陪伴，我感到病房好像不再那么黑了，我也不再感到孤独和寂寞了。

最初我有点害怕，但几次之后，我发现他到我这里来只是来帮助我，我要吃药他给我递药，我东西掉在地上他帮我捡起来，我感到寂寞他与我聊天，我视力不好他帮我读书，我怕黑暗他给我带来鲜花，让病房增色，或仅仅是给我打开床头灯。

他陪伴我几个小时，然后就离开。我没有问他为什么来，也没有问他是谁。我没有问他怎么毫无阻拦地每夜来到我的病房，也没有问他是怎么知道我需要朋友的，我没有问他为什么白天从不到我这里来。因为我心里明白，我是活不了多久的人，我不想去了解那么多，免得给自己留下什么遗憾。我从未在白天看到过他的脸，我所看到的只是他在暗淡的床头灯光下或通过窗子照进病房的夜光下的脸。

我每天夜里都在等着他的到来。他一来，我们就谈论生和死、痛苦和悲伤、欢乐和幸福、家人和亲戚、朋友和生人、舞蹈和音乐、写作和绘画、哲学和艺术等等，天底下的事情几乎无所不谈。我们只是聊天，有他在的那几个小时，是我最幸福的时刻。后来，我说话越来越困难，是他的鼓励，才使我对生抱有了希望。与他在一起，我会忘记我在哪里，或许我也给予了他同样的帮助。他到我这里来一定是有原因的，可我怎么也想不出是出于什么原因。一个像他这样聪明的男子每天夜里都到一个有时神志昏迷的病人身边来，使我怎么也不理解，可他就这样一天不地来。只要他在，我就感觉不到我是病人也不会感到寂寞。

就这样一直持续了好几个月。因为他每天夜里都到我这里来，所以我从未担心他不来。像太阳每天必定升起一样，他到时就来到我的病房。

一天夜里，他没有露面，我就像丢了魂似的心神不定。前天夜里，他答应要给我带一本他看过的特别好看的书。我一直等到每天他离开我的天亮，也没有见他来，我麻木了。那天，太阳没有为我升起。如果我们正在恋爱，我会怀疑我说错了或做错了什么，可我们没有恋爱。我们的关系不是一两句刺耳的话就能破坏的关系，我的确说过让他刺耳的话，可他并没有因此而不来。

我不知道为什么他没来，我躺在那里思前想后，我预感到我再也不会见到他了。他以前从未让我失望过，可他现在让我失望了，我不知道到底为什么……

"有什么东西要我给你拿吗？"护士在门口问我。我清了清嗓子："没有……谢谢你。"我艰难地说。

在她身后，只见有人推着担架朝我病房后面的医院太平间走去。医院都把像我这样没有希望的病人安排在太平间附近的病房，因为死神随时都会降临。我知道又有一个人死了，只见他的脸上盖着一块白布。

"护士……那是谁呀？"

"就是你隔壁的年轻小伙，他已经病了很长时间了。他是很帅的一个小伙子，他就这样孤独地走了，陪伴在他身边的只有书和报纸。他独自一个人在这里度过了两年，没有家人，没有朋友，没有一个人来看他，愿他的灵魂安息。"

我被换往他住的病房，这是我几个月来第一次离开我的病房。护士把我放到轮椅上，推往隔壁小伙住过的房间，我一进去就闻到了他熟悉的气味。他们把散放在桌子、椅子和架子上的书和报纸清理了一下。我跟前有一堆设有我专栏的当地报纸，只见每期报纸上我的专栏文章都用红笔圈了起来，并在页边批满了旁注，可见他是多么关注我的文章！从他的旁注中，我发现了很多值得我思考和沉思的东西。

直到今天，我耳边仍回响着担架从走廊推往太平间的声音……

瘸腿小狗

一家店主在门上贴出一张告示，上写：出售小狗。这样的告示对孩子总是很有吸引力。

很快，一个小男孩出现在告示前，问："你的小狗一只多少钱？""任何地方都是500到800卢比。"店主回答道。

男孩将手伸进他的衣兜掏出一些零钱："我有10卢比，我能看看小狗吗？"

店主笑了笑，吹了一声口哨，从走廊下的狗窝里很快跑出一只母狗，紧随其后是五只可爱的小狗崽儿，其中一只小狗远远落后于其他四只。男孩一下就看中了那只落后的瘸腿小狗，他问："那只小狗怎么了？"

店主解释道："这只小狗出生时，兽医说它膝关节严重先天不足，就是说，它将终生跛行。"

男孩非常激动，说："这正是我想要买的小狗！"

店主回答道："不，你不要买那只小狗，你如果确实想要，我免费送给你。"

男孩听了很不高兴，他直视着店主的眼睛，说："我不想让你白送我，它和其他狗一样值钱，我按全价给你。但我现在只能给你10卢比，剩下的我每月付你5卢比，直到付清。"

店主坚持不让男孩买那只小狗。"你真的不要买这只小狗，孩子，它永远不会像其他小狗那样跑和跳。"

男孩弯下腰，挽起左边的裤腿，露出一条金属假肢支撑的扭曲的残腿。他抬头看着店主说："哦，我自己也跑不好，这只小狗需要有人理解。"

店主抿着嘴唇，眼里顿时浸满了泪水。他笑了笑，说："孩子，我希望并祈祷其他几只小狗都能有你这样一个主人。"

在生活中，你有什么缺点并不那么重要，重要的是有人毫无条件地欣赏你、接受你并爱你。

列车上的邂逅

上车后，我一直独自坐在一个包厢里。只是到了罗哈纳，才上来一个姑娘。来送行的那对夫妇可能是姑娘的父母，他们非常担心她路上的安全。女的再三向她交代：东西该放在哪里，不要将头探出窗外，避免与生人谈话等等。

他们彼此告别之后，火车驶出车站。由于我眼睛几乎完全失明，当时只能感觉到光亮和黑暗。所以，姑娘长得怎样，我说不上来。不过，从她的脚步声，我知道她穿的是拖鞋。

要想知道她长相如何，那得花费一番工夫，或许我永远也搞不清楚。但我喜欢她说话的声音，甚至连她拖鞋发出的声音都喜欢。

"你去台拉登吗？"我问。

想必我是坐在黑暗的角落里，因为我的问话使她吃了一惊。她惊讶地说："我不知道这里还有人。"

是啊，眼睛好的人看不到眼前的东西是常有的事，因为他们要注意的东西太多了。而失明的人或半失明的人，只能注意那些最重要的，即那些对他们的其他感官触动最深的东西。

"我也没有看到你，"我说，"但我听到你进来了。"

我不知能否使她看不出我是一个盲人。我想："只要我坐在座位上不动，这是不难做到的。"

这时，姑娘说话了："我在萨哈兰普尔下车，我伯母在那里接我。"

"那我最好不要和她太亲近了，一般来说，伯母可不是好惹的。"我心想。"你到哪儿下车？"姑娘问。

"台拉登，然后再去穆索里。"

"哦，你太幸运了！我多么希望也去穆索里啊。我喜欢那里的山，特别是在10月。"

"是啊，眼下正是最好的季节。"我说着，不由得回忆起那里的一切："山上长满了野大丽花，白天阳光灿烂，到了晚上，人们围坐在一堆堆篝火旁，在一起喝酒聊天。此时，游人大都已经离去，幽静的山路上行人稀少。的确，10月是最好的季节。"

姑娘缄默不语。我的话不知是否打动了她的心，她是否认为我是一个富于浪漫色彩的人？这时，我说话不慎走嘴。

"那是什么？"我问。

她似乎未发现我的问话有什么不正常。难道她已看出我什么也看不见吗？然而，她下面的问话解除了我的疑虑。

"你怎么不向车窗外面看看？"她问。

我轻轻地沿座位移向车窗，窗子敞开着。我面对窗口，做出在看外面景物的样子。我听到了机车的喷气声和车轮的隆隆声。用我心灵的眼睛，我可以看到外面的景物一闪而过。

"哎，你注意到了吗？"我鼓起勇气说："路边的树看上去好像在走，而我们则似乎原地不动。"

"这是正常的，"她说，"你看到动物了吗？"

"没有，"我非常自信地回答道。我知道，在台拉登附近的树林里，动物几乎绝迹了。

我从车窗转向姑娘，好一会儿，我们彼此都默默地坐着。

"你的脸很有趣。"我说。我变得大胆了，但这是好话，没有哪个姑娘不喜欢恭维的。

她满意地笑了，笑声清脆，恰似银铃一般。

"我很高兴听到你说我的脸很有趣,我已经听厌了人们说我的脸很漂亮。"

哦,你的脸的确很漂亮。我想。于是我大声说:"不过,脸有趣的同时也就是漂亮。"

"你真是个爽快的小伙子。"姑娘说,"可你为什么这样严肃呢?"

我想我该对她笑笑,但一想到笑,我心中就产生孤独和不安的感觉。

"车很快就要到你下车的车站了。"我说。

"谢天谢地,总算快到了,在车上一坐就是两三个小时,我可受不了。"

可我却想,只要能听到姑娘讲话的声音,要我坐多久都行。她的声音就像山涧小溪的涓涓流水,清脆悦耳。一下车,她马上就会忘记我们这短暂的相会。可我,在这整个旅途中,直至以后一段时间内,都不会忘记这次邂逅。

火车汽笛一声长鸣,车轮的节奏随之慢了下来。

姑娘站起来,开始收拾东西。直到现在我也不知道她的头发是卷发还是辫子,是披肩发还是齐耳短发。

火车徐徐驶进车站。外面,搬运工和小贩的叫喊声嘈杂一片。车门旁,一个女人也在尖声喊叫,她一定就是姑娘的伯母。

"再见!"姑娘说。

她离我很近,近得连她头发上的香水味都闻得到。我想用手摸一下她的头发,可她很快走开了,只有香水味还留在她站过的地方。

车门口一阵忙乱之后,一个男人来到我所在的包厢,他嘴里结结巴巴地向我说了句客套话。只听车厢门砰的一声关上,我们又与外面隔绝了。我回到自己的铺位,列车员吹响哨子,火车又继续前进了。于是,我又与新上来的旅客玩起游戏。

火车不断加速,车轮滚动,车厢震颤。我坐到窗前,望着窗外对我来说是一片黑暗的白天。

窗外的事情太多了,想象着外面所发生的一切,也会令人心醉神迷。

刚上车的男乘客打断了我的沉思。

"你一定感到失望，"他说，"很遗憾，我这个旅伴可不像刚才下车的那位姑娘那么吸引人。"

"她是个有趣的姑娘，"我说，"你能告诉我，她留的是长发还是短发吗？"

"这我倒没留意，"他说，显得有点困惑，"我只注意到她的眼睛，没留心她的头发。她有一双漂亮的眼睛——但这对她来说却毫无用处，因为她的眼睛完全失明了。难道你没有发现吗？"

车为媒

将近一年了，我们同乘9路公共汽车，每天往返于模范城与新德里之间。

她每次都是在康诺特广场下车。但有一次因车上人太挤，到站她来不及下车，只好在我下车的议会大街下了。

这是我第一次与她说话："你得往回走段路了。"她冲我笑了笑，露出一口整齐洁白的牙齿。

"没关系，"她说，"我走惯了。"

我很想知道她是谁，住在哪里。显然，她有固定的职业，可从她简朴的穿戴和手提的塑料包看，不像个收入很多的人。

她总是随身带一个扁平的铝饭盒。这说明她不是受雇于一家大公司，因为大公司的女秘书都有免费午餐或者有午餐补助的。我估摸着她大约二十五岁。

我怜悯她天天吃冷饭。我对自己说，哪一天，我一定鼓足勇气，请她到康诺特广场的一家餐馆好好吃一顿。

那时我还是个单身汉，虽然已年近三十，但并不想急于结婚，尽管父母常常劝我去见见某位漂亮姑娘或某位家境富有的小姐。

我是印度石油公司的一名二等职员，挣的钱足够结婚成家；但我不想被我想象的婚后无聊生活所束缚。

然而，自从在车上见到这位姑娘后，我发现自己越来越迷恋她了。她和我见到的那些摩登姑娘大不一样——她们有的甚至在大庭广众之下抽烟嬉戏。

她的眼睛大大的，看上去天真无邪。她身材匀称，一头浓黑的卷发，没有新奇怪异的发式。她皮肤白皙，小小的朝天鼻十分可爱。这些正是她吸引我的地方。

灯红节过后的一天早上，姑娘不知怎么没来坐车。我想，可能是她离家晚了，改乘了另一趟车，要么就是休班。

然而，一个星期以后，仍不见她来乘车。我开始担心她是不是病了。我多么希望能知道她住在哪里，好去探听她的情况。我始终没有考虑到我是一个陌生人，她的父母会反对我到他们家去。我感到难过和孤独。尽管我还不知道她叫什么名字，她也不晓得我的大名，但她却好像成了我生活中不可缺少的一部分。

又一个星期过去了，在一个寒冷的早上，我终于又在车上见到了她。她身着一件看上去并不暖和的毛背心，一脸倦容，显然没有休息好。我想她这么长时间不来坐车，一定是病了。

车到克什米尔门，坐在姑娘跟前的男乘客下了车，我立即挤到她身边，向她道早安。她先是一惊，马上就认出了我，朝我笑了笑。"对不起，"她说，"哦，一定是在做梦。"

"看上去你脸色不好。"我说，"这段时间你是不是病了？""没有，我没病。"她说，"是我妈妈病了，现在她的病好多了，所以我才能离开她。要是再不好，我就要失业了。"

"真是太不幸了。"我说，"可你爸爸为什么不照顾她呢？"

"我没有爸爸。"她悲伤地说，"我很小时爸爸就去世了，家里只有我和妈妈；另外还有一个女仆。可女仆不懂药物，让她照顾妈妈我不放心。"这时，我发现她没有带饭盒。"你今天怎么吃饭？"我问她。

"今天早晨我没来得及做饭，中午找个地方去吃。"

"不要到其他地方去吃了，"我很决断地对她说，"和我一块儿吃好了。我早就想请你吃饭，现在终于有机会了。下午一点我们一起到露天餐厅用餐，那里很方便。"

"谢谢，"她说，"可你为什么请我……"

"不要多说了！"我说，"我已定好在哪里吃饭，为什么不能陪我吃顿饭呢？"

她在她平日下车的车站下车后，我才意识到我们仍然不知道彼此的姓名。

我在商场外面从一点等到一点半，一直未见到她来。我由焦急转为生气。最后，我独自走进餐厅，要了一盒包子和一杯咖啡。我点上一支烟，感到镇静多了。

第二天，我在车上见到她时，急忙转脸走向车的前部，一路上，一次头也没回。当我在议会大街下车时，我惊奇地发现她也跟着我下了车。

"我想请你原谅。"她赶上我说，"你一定以为我是个非常无礼和没有教养的姑娘。昨天我刚离开办公室要来见你，可突然头晕虚脱。你知道，我这几天一直没吃早饭。让你失望，我很惭愧。可我不知道你的名字，也不知道上哪里给你打电话。请原谅我，我今天想和你去吃饭……要是你还请我的话。"

瞬间，一切气恼都没有了。是我应该请她原谅。"请不要想它了。"我说，"你应该找医生看看。瞧你为了照顾妈妈，自己都消瘦了。"

我叫了一辆过路的三轮车。"我送你去办公室，"我说，"我下午1点来接你。不要多说了，快上车。"她向我道谢后，上了车。很快，我们便来到一家大商场跟前。

"这就是我工作的地方。"她说，"如果你来接我，那我就在这里等你，先生！"说完，她顽皮地向我一笑。

来到一家我最喜欢的餐馆。我们做了自我介绍，她的名字叫米娜·克什·塞蒂，她从获得学位后就一直在这家商场工作。

"他们给我的工资很少，我想再找一个好的工作，可我没有关系。当今社会没有关系是哪里也去不成的。我妈妈在一所女子学校教书，她的收入比我还少，我爸爸留给她的钱都用来供我上学了。所以我应该照顾她，她很快就要退休了。"这是我们几次约会的第一次约会。一天下午，我带她看了一场电影，黑暗中，她让我握住她的手。此刻，我已爱上了她，可我不知道她对我的想法如何。一次，我们外出游玩，我向她试探地问："我想不一定哪一天，你就该出嫁了。"

"我妈拿不起嫁妆。"她惨淡地笑着说。

"要是有人不是为了嫁妆，而是为了你而同你结婚呢？"我问。

"迄今，我还没有遇到这样的人。"她说这话时脸红了。作为一个女人，她知道我下面该说什么。

"你现在就遇到这样的人了。"我说，"可我还不知道你住在哪里，我怎么和你妈说我们的计划呢？"

她说："你们家里怎样呢？谁知道你父母对你有什么打算？"

"不要担心我们家，"我向她保证，"我父母只希望我幸福，当他们见到你时，他们会知道我要和你结婚的。"

这都是六年前的事了。从那以后，我又两次提职，现在已是公司的高级职员了。我们有了第一个女儿之后，我就让妻子米娜辞去了工作。如今，我们又有了一个儿子。米娜的妈妈也和我们住在一起，整天照看着两个外孙。

去年，我们买了一辆摩托车。但有时在星期天，我们仍然一起乘9路公共汽车去新德里。每当这时，我就会想起我们互不相识的那些日子。曾有一两次，我们仍假装互不相识。当我极力想与妻子说话时，她只是冷眼看我一下，然后嘴角露出一丝笑容，便转过脸去。

酒吧邂逅

下班后，我像往常一样来到我常去的一家酒吧。正当我在悠闲地啜饮威士忌时，酒吧的门突然被一阵风吹开。在座的所有顾客都一下子从各自的座位上站了起来，好像有什么不祥的事要发生。酒吧主管走过去要把门关上时，一个人走了进来。

进到酒吧的是一位老人，他摇摇晃晃的样子，好像已经喝醉酒。他身体靠在酒吧的墙上，要了一瓶当地产的白酒，提着来到角落里的一张桌子，坐在那里自斟自饮起来。

我说不清他哪里引起了我的注意，我一直仔细地看着他喝完酒离去。我向酒吧主管打听老人的情况，可他耸了耸肩，好像是说"谁关心这个？"

第二天，我在回家的路上，又进到那家酒吧。发现我昨天见到的那位老人已经在角落里。我对这位老人特别好奇，很想知道他的身世。于是，我端起酒杯，走过去坐到他那张桌子跟前。他迟钝地朝我看了看，然后将目光移开，好像对我坐到这里并不介意。

"对不起，"我说，"我可以和您坐在一起吗？"

他咕哝了一句，我没听清是行还是不行。我坐下后说："原谅我的好奇，我是这里的常客，可我以前从来没见过您。"

"怎么？"他无礼地问道，"我还需要向你登记怎么着？"

我什么也没说。我刚要起身，他一只手按住我的手，不让我走。"对不起,"他说,"我并不想无礼,你想听听我的身世吗?"

"我感到非常荣幸,先生。"

"哈!的确荣幸。好吧,听着,但我必须提醒你,这是一个不好的故事。"他停下,啜了一口酒。

"我曾经有一位可爱的妻子,名叫桑盖伊·蒂玛。我们幸福地在一起生活了七年,我们彼此都热烈地爱着对方。婚后没几年,我们就有了第一个孩子——我们的一个女儿。又过了几年,我们又得到一个儿子。"

他看着我惊奇的表情,大笑着说:"我的故事开头很愉快,但结尾却很悲惨。一天,我遇到一个名叫皮姆·蒂姆的姑娘,她妩媚靓丽,楚楚动人。她就像酒精注入了我的大脑,让我神魂颠倒。我对她爱得痴迷,以至于忘记自己已是两个孩子的爸爸。我们爱得狂热,彼此难舍难分。我妻子很快知道了我的事情。"

"我妻子眼含泪水伤心地对我说:'和你幸福生活了这么多年,原来你对我这样不忠。'"

"她离我而去。她很骄傲,她有自己的尊严。我眼看着她带着我的女儿和儿子走了。当时,我很想阻止她,但我太爱皮姆·蒂姆了,于是就让她走了。从此,桑盖伊·蒂玛从我的生活中消失了。我不知道她到底去了哪里。"

"哦,"我呆在那里很长时间才又问道,"后来您与您的新女朋友结婚了吗?"他苦笑着说:"桑盖伊·蒂玛出走不到一个星期,皮姆·蒂姆又找到一个新的情人,她舍我而去。我不但没有娶到她,连情人都不是了。"

"您的第一个妻子桑盖伊·蒂玛去了哪里,您设法找过她吗?"

"找过,但没有太尽心,我感到有罪。"

"哦,亲爱的老人,"我说,"桑盖伊·蒂玛就是我的妈妈,我是您的儿子利新。我姐姐——您的第一个孩子正在英国学习。我现在是一家私人建筑公司的一名工程师。妈妈还好——她没有再婚,含辛茹苦地独自把我们抚养长大,我们都很有出息。"

老人听了简直感到无地自容,只是一个劲地喝酒。

邂逅莫莉

一月，一个寒冷刺骨的早上，我开着我那辆旧卡车，行驶在前往得克萨斯州威利斯市的路上。开着开着，我感到肚子有些饿了，便随手拿起随身携带的我最喜欢的快餐——香肠鸡蛋汉堡包吃了起来。

就在我一边吃着汉堡包，一边往前行驶的时候，突然发现路边有一只深黄色的西班牙长耳猎犬。从她快要拖地的肚子和奶头，我断定她正在哺育着小狗。只见她肋骨突出，证明她没有吃的。我放慢车速，很想知道她为什么会是这样，她害怕和绝望的眼神让我对她顿生怜悯之心。

我一边开车，思想一边斗争。我自己已经养着两只狗，要再收养她，我能顾得过来吗？

但看到她可怜的样子，我实在不忍心让她继续这样无助地生活下去。

就在我喝第二杯咖啡时，我做出一个决定：我必须救助这只可怜的狗。于是，我去快餐店买了两个汉堡包，赶紧回到我看到她的地方，但她却已经不在那里了。我等在那里，唤了她好几次，还是不见她出现。于是，我只好留下一个汉堡包继续赶路，我知道我下午回来时还会路过这里。可我路过那里时，只见汉堡包不见了，但却仍不见她的影子。

那天夜里，我辗转反侧睡不着。外面北风呼啸，西班牙长耳猎犬那双可怜的眼睛一直在我眼前浮现。好像有什么东西在告诉我，如果我不赶紧采取行动，我将失去救助这只狗的机会。

我必须找到这只狗。我把剩下的那个汉堡包在微波炉里热了热，用布包起来拿在手里，就走进了寒冷而又灰暗的黎明。此刻，天正下着冰雹，密集的冰雹砸在我的脸上。

我手里拿着热乎乎的汉堡包，站在路旁的树丛边呼唤着她，但我的声音都被呼啸的北风吹走，她根本听不到我的呼唤。就在我要转身离开时，我听到了一阵沙沙声。透过树丛，我看到了那张可怜而又惊恐的面孔。一时，我们都盯着对方的眼睛看着。我拿出汉堡包，她可怜的悲嗥告诉我：她正在极力决定她是否该信任我。

我温柔地对她说，朋友，你尽管相信我。她躬了躬身子，表示勉强信任我。我把汉堡包放在地上，慢慢地向后退去。她警惕地缓缓走近我，来到汉堡包跟前，她用右前爪一钩，含起就跑。

接下来的两天，我每天早晚都带上汉堡包与她在同一个地方见面。渐渐地，她越来越向我靠近，眼睛里透着对我的信任。但在第三天早上，她没有像前两天那样咬起汉堡包就吃，而是朝她身后的树丛叫着看着。"告诉我你要让我为你做什么。"我说。她消失在树丛中，身后带回三只黑白相间的小狗崽儿。

她带着她的孩子从我身边走向我的卡车，她在车前停下，看着车嗥叫，我马上明白了她的意思。我打开车门，她便跳上汽车。小狗一看妈妈上了汽车，也想上，但由于太小，自己根本上不去。于是，我把他们一一抱上车，便载着他们向家开去。我不知道把他们拉回家我该怎么办，但我知道，我做了件正确的事情。

日子一天天过去，母子四只狗都健康地茁壮成长，我们之间也建立起了信任和友好关系。我知道，这位年轻的妈妈一定有个名字，但我不知道她到底叫什么。我试着喊她黛西、贝奇或内莉，但她都没有反应。可当我喊她"莫莉"时，她却高兴地摇了摇尾巴，我想她一定就叫莫莉。

当我带着莫莉和她的孩子进城时，他们喜欢坐在我卡车上的座位上。路上，我会不时往他们嘴里塞好吃的。我们走到哪里，都会引起很大的轰动。

我仍然习惯地每天去麦当劳吃早餐。一天早上,我正在高兴地吃着香肠汉堡包,突然看到墙上有一张布告,我顿时惊了一下,因为布告上的那只狗的照片就像莫莉。

当我读着布告上的说明时,我的心脏跳得很快:"一只怀有身孕的深黄色西班牙长耳猎犬,12月23日从这里走失,悬赏五百美元,有发现者,请与吉姆·安德森联系。"

那天晚上,我几次拿起电话,但在拨号之前又都把电话放下,我知道我该把狗还给主人。要是我的狗丢了被别人捡到并拒绝还给我,我该怎么想?最后,我鼓起勇气,拨通了莫莉主人的电话。

"您好!哪位?"一个男人的声音问道。

"您好!我捡到了您的狗。"

我们说好在威利斯市的麦当劳饭店见面,我知道这次见面将是非常痛苦的。

见面那天,我把莫莉和她的三个孩子舒适地安排到卡车上,便带他们进城。我提前五分钟来到麦当劳餐厅,我看到一对男女和两个孩子正站在一辆轿车前,我想他们一定就是莫莉的主人。

看到莫莉,他们都激动地叫着跑了过来。我有生以来,从没有看到过人与动物怀有如此深的感情。莫利疯狂地叫着,兴奋的举止有些失常。

看到这种场景,我哽咽了。但我马上告诫自己,一个成年人在这么多就餐者面前哭泣,让人看到多不好!

"一个月之前,她是我们在这里吃早餐时走失的,"男主人向我解释说,"我想她一定被别人带走了,因为我们找遍了所有地方,怎么也没有找到她。我们很是着急,因为她当时很快就要生小狗了,她的名字叫戈尔迪。"说着,他从口袋里掏出厚厚的一沓钱票塞给我。

"我不要钱,"我说,"我只希望狗能幸福。"

我最后一次抚摸着莫莉——不,是戈尔迪的头,恋恋不舍。主人一家驱车离开时,知道我的心情很难过。

我怀着沉痛的心情走进麦当劳喝咖啡。刚坐下不久,我就惊奇地发现他们的车又折返回来，我赶紧迎了出去。只见女主人从车上下来，怀里抱着一只小狗——那只被我称做斯波特的小狗。"我们想，你一定想留一只小狗做纪念。"女主人说。

"是的。"我激动地说。我看到莫莉，不，是戈尔迪一直从车窗里往外看着，她好像并不介意把她的一个孩子送给我，因为我们之间已经建立起了坚实的信任关系。我看着他们的车上了高速公路，直到从我的视线中消失。

现在只剩下斯波特和我了，我把他抱上卡车，回麦当劳为他买了一个汉堡包。然后，我们就一起回家了。

从此，我再也没有见到莫莉，但我与她的孩子斯波特却相处很好。每当看到斯波特，我就情不自禁地想起我与莫莉的邂逅。

风雨中又见他

赛尔顿看着公共汽车慢慢地穿过不丹门朝斋岗开去,直到从她的视线中消失。她傻呵呵地站在那里,希望汽车能再把里金带回来。过了很长时间她才回过神来,她不知道何时才能再见到里金。看到朋友们都在等她,她不好意思地回到朋友中间。她极力掩饰自己,一句话也不说,但她的表情却说明了一切。赛尔顿和里金在工业大学是郎才女貌的一对情侣。

她记得好像就在一年半前的昨天,她和同年级的几个朋友到城里买东西,可她不慎与朋友走散。就在她到处找寻朋友时,天突然下起了雨,她急忙跑到路边的一棵树下躲雨。由于雨水浸透了衣服,她冻得浑身打颤。就在这时,只听一个热情友好的声音说:"请到我的伞下来好吗?"她还未来得及回答,伞已罩在她的头上。说话的年轻小伙子接着问:"你在等人吗?"

"我和我的朋友走散了。"她回答道。

"今天真幸运,"他说,"我得感谢雨让我们聚在了一起。"她听了一阵脸红,赶紧将目光转向别处。"大学第一年的生活怎么样?"他又问。

她感到惊奇:"你知道我在哪里学习?"

"当然。我们同校,我是电子系的,今年就该毕业了。"

她的脸更红了。因为学院有一条未成文的规定，低年级学生不能与高年级学生来往。

雨终于停了。他看了看手表，说："我该走了，很高兴遇到你，希望能再见到你。哦，对了，我叫里金，你是赛尔顿，对吗？"说完，他笑着走了。

"你的伞！"她在后面喊道。

"你拿着吧，雨可能还要下。"

里金刚走，赛尔顿就听到一阵尖叫声，她的朋友找到了她。"怎么回事儿，赛尔顿？"一个朋友说。就在这时，一辆出租车停在她们身边，另一位朋友从车上下来。"与你在一起的那个小伙子是谁，赛尔顿？"她问。

"瞧，她还得到一把流着水的新伞呢！"她们都咯咯地笑着说。

回到学院，赛尔顿在餐厅外面等着里金，好把伞还他。"不要急嘛。"他说。他很高兴又见到她。

从此，他们频繁约会。她发现他善良幽默，他发现她聪明稳重。他们爱得难舍难分，生活感到十分愉快。

里金很快以优异的学业成绩毕业，并获得前往印度学习的奖学金。他在为自己的前途激动的同时，也为将与赛尔顿的分别感到沮丧，因为他会想死她的。分别那天，里金发现简直无法安慰赛尔顿，他许诺将经常给她来信。刚到印度时，他是这样做的，但很快信的内容就不再像刚开始那么热烈。

与此同时，赛尔顿也完成了学业毕业，就地工作。她一再给他打电话，可就是打不通。她开始往最坏处想："难道他不爱我了……或者是另有新欢……"

一连几年没有音信，她每天都难过地度过。有一天，她不由自主地又回到当年避雨的那棵树下，但这次树下就她一个人。当她站在那里陷入沉思时，一阵暴风雨突然来临。

她想起了她与里金在此相遇的每个细节：他们是怎么邂逅，在一起都说了些什么，头顶罩了什么。只见一道耀眼的闪电之后，响起惊人的雷鸣。紧接着，狂风夹着暴雨呼啸而来，她害怕地闭上眼睛惊叫了一声。她睁开眼睛时，发现有个人站在她的面前，并向她递上一把伞。是里金。

咖啡馆里的美丽邂逅

我是一天晚上在伦敦郊外的一个不太整洁的小咖啡馆里遇到她的。这里远离城市的灯光，是一个十分僻静闲雅的地方。幽静的环境，非常适宜夜晚年轻情侣坐在这里讲故事、说笑和啜饮英国最好的现磨咖啡。我几年前就发现了这个地方，它正好坐落在我经常包机出国的一个私人小机场的道路对面。几天前，我与一名飞行员说好今晚要去也门，可他现在还没有来，我担心他是不是搞忘了。我坐在咖啡馆露台上，望着星光灿烂的夜空，手指不耐烦地敲打着日晒雨淋过的木桌。

"在等人吗？"一个女人的声音，圆润而柔和。我转脸看见从咖啡馆窗里射出的柔和昏黄灯光下的黑色轮廓。

"是的，"我回答道，"您介意与我坐在这里一起欣赏这美丽的夜色吗？"

黑暗中，我看不清她的脸，但我感觉到在她入座时她是笑着的。只听一声轻轻的刮擦声，突然，黑暗被火柴光照亮，她探身点亮桌子中间一个铁盘里的一支小蜡烛。"这样好多了。"她温柔地说。借助蜡烛的光亮，我看到了她的笑，我情不自禁地也向她回笑了一下。

她头发黑亮卷曲，披散在肩上，她的着装像是一个登山运动员，上身穿的是一件结实的帆布夹克，脚上是一双穿旧了的远足靴，她手里端着一个冒着热气的杯子。

"你喝的什么？"我问。

"摩卡爪哇，我最喜欢的混合咖啡。"我看到她在说这话时嘴角上露出的笑容。

"真是巧合，"我回答道，"我今晚就去你喜欢的摩卡咖啡的生产地也门。"

"哦。"她点了点头。她靠在椅背上，慢慢品尝起浓香的黑咖啡："我认为这是一种非常独特的咖啡。"

"是的，"我说，"摩卡咖啡豆要比大多数咖啡豆小，而且也硬。这种咖啡豆在也门生长条件是非常困难的，但很多顾客都认为也门咖啡是最好的。"

她坐直身子说："有人认为，也门是世界上唯一出产野生咖啡的地方。"我凝视着她，然后笑了笑，我知道这个女人对咖啡很在行。

周围的空气弥漫着从她杯子里散发出的浓烈香气，与清新凉爽的晚风混合在一起，很是诱人。咖啡馆里座无虚席，笑声不时从咖啡馆的窗子里传出。一个小时之后，仍不见我的飞行员到来，我不得不放弃了这次飞行的希望。咖啡师不停地给我们送上一杯杯新鲜咖啡，这位神秘的女士一直与我聊到深夜。黑暗中，月光在我们的杯子里舞动，烛光在我们的眼前舞动，显得很是浪漫。

我突然想起我还没有问她叫什么名字呢！就在我想如何礼貌地问她时，她蓦地抬头看向天空。我随着她的视线看去，只见两个红灯在机场上空环绕，接着我们就听到飞机着陆的巨大轰鸣声。

"啊，那是我的飞机。"我在惊喜中失望地叹道。

"不。"她回答道。我低下头，发现她正在用望远镜看飞机。"那是我的飞机。"她说。

"不要忘记，你不是唯一去阿拉伯半岛的人。"她说。说完，她起身走向咖啡馆露台门。看着她离去，我感到迷人的夜晚开始逐渐消失。

"你好像对咖啡知道得很多，"她回头对我说，"真遗憾，可我们不得不分手，要不……"

她停下脚步，然后转向我："你愿意搭我的飞机一起走吗？"

那天夜里，坐在那架摇摇晃晃的小型飞机黑暗的客舱里，看着飞机下面星星点点的乡村，我一直陶醉在与她在咖啡馆里的美丽邂逅中。

好人无处不在，在你的人生道路上，你随时都会遇到乐意帮助你的人。

回家路上

陈乔从小离开父母，在印度由叔叔养大。十八年后，他要回到廷布自己的家。

他从边境城镇奋特休岭乘坐杜鲁克捷运公司的微型公共汽车，与他邻座的是一位干瘦的老人。一路上，他们谁也不对谁说话。老人不想打扰看上去有些疲倦的年轻先生，年轻人则受过不与陌生人交谈的教育，不管是老者还是少者。所以，他们都沉默不语。

当他们来到桑塔拉卡时，汽车停下稍事休息。老人下车去买橘子。回到车上，老人客气地递给年轻的同行者一个橘子。陈乔感到有点受辱。接受一个社会地位明显比自己低下者的食品，是不可理解的。于是，他明确地拒绝了老人的施舍。

老人歉意地笑了笑，自个儿剥开一个橘子，将一个橘瓣放进嘴里吧唧吧唧吃起来，吃完把籽从车窗吐出去。

陈乔被老人的行为激怒，他觉得老人在故意向他炫耀。于是，陈乔也决定向老人炫耀一下。

在下一站盖都，陈乔将一个卖苹果的叫过来，买了一些苹果。卖苹果的告诉他只需十个努扎姆，但陈乔扔下一张面值五十努扎姆的票子，连不用找钱都懒得对卖苹果的说。他拿出刀子，把一个苹果切成块，然后，将其他苹果全部扔掉。通过眼角，他对邻座脸上惊奇的表情感到满意。这就是给他的颜色！他想。

车到楚卡，他们停下吃午饭。老人说："年轻先生。如果我有什么冒犯你的话，请你原谅。我可以知道年轻先生要去哪里吗？"

陈乔把老人的话看作是一种假惺惺的恭维，认为是在拍他的马屁。"廷布。"他粗暴地回答说。

"能与年轻先生同行，是我有幸。"老人继续说，"你能赏光与我共进午餐吗？"

"不，谢谢您！"陈乔说，"我不饿。"

当他们抵达廷布时，老人问年轻先生要去哪个区？当陈乔回答兹鲁卡时，老人说他也去同一个区。

"既然我们都去同一个区，"老人主动地说，"那我们可以同乘一辆出租车。"

陈乔对老人的提议进行了认真考虑。由于他新来乍到，人生地不熟，就勉强地接受了。"但得由我来付车费。"他傲慢地说。

出租车把他们拉到兹鲁卡。老人下车时，问陈乔住在谁家。陈乔说出了他爸爸的名字，"来自库尔托的阿帕·皮马拉。"

"我就是库尔托的阿帕·皮马拉。"老人惊奇地说。

邂 逅

　　天开始放亮，长途汽车在路边一家旅馆门前慢慢停下。当售票员宣布"停车十分钟"时，用毯子裹着身子打盹的乘客纷纷起身，下车吃早点。

　　旅馆大门上方"恒河旅馆"四个大字非常醒目。走进旅馆，一股檀木香扑面而来。一个三十多岁、身着洁白衣服的男子正对着墙上的一幅画像祈祷，画像前的供台上摆放着鲜花，铜制香炉里燃着檀香木香。这不是母亲的画像吗？怎么到这儿来了？我感到奇怪。男子祈祷完，在肖像前放了一杯咖啡，回到服务台。

　　我要了一份糕点和一杯咖啡，我一边吃早点，一边盯着墙上母亲的画像。吃完饭洗过手，我找坐在服务台后面的男子结账，显然他就是这家旅馆的老板。

　　"十五卢比，先生。"他说。我打开钱包取钱时，他一直盯着我看。突然，他从椅子上站起来，握住我的手，激动地问："你不是卡南吧？"

　　"我是，"我回答道，"你是谁？"

　　"你还记得捡破烂的卡利吗？"是的，我记得……捡破烂的卡利，那时我十二岁，卡利大概八九岁。他每天捡废品，卖废品。他捡回废品就在我们家外面的树下分类——旧报纸、碎铜烂铁、破衣服，然后分别将各类废品装袋。

　　卡利没有父母。我母亲每天供他吃饭，他成了我们家的一员。不用支使，他每天都会把我们家院子和屋后的小花园打扫得干干净净，并经常浇灌园子里的植物。偶尔，他也有事离开。一天，卡利说他要回老家照顾他的舅舅。我母亲祝福他并送给他一些钱，从此我们就再也没有他的消息了。

"真没想到能在这里见到你，卡利。你是怎么到这里来的？"我问。

"说来话长，卡南。我在你们那儿捡破烂时，只要我到废品回收中心卖破烂，那儿的老板都要多给我十到十五个卢比。阿妈则管我吃，管我穿，管我住。当我告诉废品回收中心老板我要回老家时，他出于同情也给了我一些钱。"

"回到家后，我舅舅送了我这所房子，我在这儿开了一家茶馆，所有路过这里的车辆都要停下，生意很是红火。后来，我又从银行贷款建起这家旅馆。我妻子唐加姆——我舅舅的女儿，帮我经营。"说着，卡利喊妻子："唐加姆，快来，这是卡南，当年管我吃住的那位阿妈的儿子。"唐加姆向我行触脚礼，我感到很是窘迫。

"我离开你们时，阿妈送我一个信封，里面装着她的一张照片和一些钱。钱我至今未花，现就放在她老人家的画像前，这是她向我祝福的见证。当年，每天早上，我不喝过咖啡、吃过早饭，她是不让我出去捡破烂的。现在每天早上，我都要把第一杯咖啡首先供奉给阿妈。我是从报纸上得知她去世的消息的，可我却未能与你一起哀悼她老人家。"卡利难过地说。

这时，售票员吹响了哨子，汽车又该上路了。我要结账，卡利却摇了摇手说："我怎么能收阿妈儿子的钱呢？"我双手合十，在母亲的画像前默立了一会儿。卡利挽起我的胳膊，将我推上汽车，我感觉泪水就要涌出眼眶。

勇敢的冒险者

在整形外科手术室连续工作36个小时之后,塔琳·罗斯对脚疼深有感触。然而,不像大多数同事,她却将痛苦变成了财富。今天,塔琳·罗斯已经是一家资产2800万美元的国际鞋业公司的执行总裁。该公司生产的鞋子款式别致,舒适耐穿,深受人们的喜爱。

罗斯8岁时,作为难民随父母从越南来到美国。由于受当医生的爸爸的影响,罗斯长大后获得了南加利福尼亚大学医学学位,并选择了在整形外科医院实习。但当申请研究生奖学金时,罗斯发现她的心再也不在医学上,她想学习新的东西,她想冒险。

罗斯从小对鞋子情有独钟,特别是高跟鞋。"每当长时间站立回到家后,同事都会累得什么都不想做,而我却总是直奔商店去做购物疗法(通过购物使人心情愉快)。"罗斯说。她在想,如果她放弃现在的职业,学习如何制作能够适应长时间站立的时髦鞋子会怎么样呢?

罗斯知道,唯一让她担心的是失败。"我的朋友和家人不解地问我,'你为什么要放弃一份稳定的工作?'如果我失败了,我还能有脸面对他们吗?可我又想,失败了又怎么样?失败了我就回去读我的研究生。我还可以对他们说,'我失败了,但我尝试了。'一旦有了这种思想准备,我就感到轻松了,担心也就随之消除。我发现,我不再担心失败,倒更担心人生留下遗憾。当你走上你自己选择的路后,没有什么不可承受的。只有成功。"

但要做鞋的生意，罗斯首先必须学习如何做鞋。"医学教育的伟大之处在于教人如何去学习，"她说，"因为每个病例和病人都是不同的。"

罗斯很快认识了一个对意大利制鞋业很在行的售货员，在这位售货员的介绍下，罗斯来到米兰学习做鞋。

罗斯没有钱去做市场调查。"我的调查是坐在商店的凳子上通过询问妇女喜欢什么样的鞋子进行的。我还学习了人口统计学，我发现出生在生育高峰期的孩子将是最大的消费人群，他们有钱，随着年龄的增长和脚的增大，他们肯定得经常换鞋。"

基于对市场的调查和分析，罗斯更加坚定了创办鞋业的信心。1998年，小生意管理处向罗斯贷款20万美元。"有人告诉我，要创一个新的品牌需要1000万美元。"罗斯说。她没有这么多钱，但她要创业的故事被很多杂志报道过，塔琳·罗斯国际鞋业公司很快上路。

"最初，我事必躬亲，从鞋样设计，到开拓市场，再到催要账款，一切都得我自己去做，"罗斯回忆道，"受到挫折时，我也曾哭过鼻子。客户会催问，'我的鞋子呢？'推销商会问，'我的报酬呢？'但当你拯救一个病人时，你是不会想到要放弃的。"

罗斯天生的乐观也帮助了她。"如果有人告诉我，我们离目标还差20万美元，我会说，'我们坐下来研究研究，看怎么能把这一数字弥补。'"

现年40岁的罗斯创业仅仅8年，但她的鞋子就已经进到遍布全球的220多家商店，其中包括美国的4家专卖店。最近，罗斯又在韩国开了一家专卖店。

罗斯鞋业公司设计的鞋子，使用的是意大利人工制作的最好的皮革，男女款式穿着都很舒适，每双200到400美元不等。罗斯说，她的鞋子可以在折扣目录或网上购买，还可以从她的仓库直接购买。

"我们家来美国时什么都没有。所以，以优惠价格出售我的鞋子，对我来说没有问题。今天的低价消费者有朝一日可能会成为一个奢侈的消费者。"罗斯不无感慨地说。现在，罗斯自己拥有近200双鞋子。"我随时还可以从藏有2万双鞋的仓库里任意选择我喜欢穿的鞋子！"

罗斯对放弃从医毫无遗憾。"我现在做的与我做医生时并无区别，目标是一致的，那就是为人们解除疼痛。一位医学教授曾对我说，'你在用你的鞋子帮助成千上万的妇女。要是当医生，你可能只能帮助找到你办公室来的很少的人，你现在所做的事影响更大。'"

回首走过的路，罗斯承认她抓住了幸运的机遇。"对我来说，好运就是当机遇到来时，我已经做好了准备。我的经历告诉我，每个人必须拥有开放的头脑、必要的技术以及捕捉机遇的意识。运气可以给你敞开大门，但你必须自己走进门去。"

"当然不"先生

1

在昆达拉普尔小镇，住着一个名叫纳拉扬的人。他有钱有势，镇上人都害怕他，称呼他必须称"主人"。但当他不在镇里时，人们却称他为"当然不"先生，因为他是镇上最吝啬和最自私的人。他从不愿帮助任何人，要是有人求他帮忙，他总是说"当然不！"

纳拉扬所住的官邸面积很大，院里有一座漂亮的花园。每年夏天，昆达拉普尔都要面临严重的水荒。全镇只有两口公用水井，每天这么多人用水，两口井的水很快就被打光。纳拉扬的院子里有一口井，可他却从不准镇上人从他的井里打一桶水。然而，他的仆人却一桶一桶地用水浇灌花草、冲洗门廊，甚至随便浪费水。他知道镇上每个人都恨他，可不知什么原因，他就喜欢这样。

一天晚上，纳拉扬正坐在一棵柠檬树下欣赏微微的晚风，突然听到门口有声音。只见一个腰缠脏兮兮腰布、手提包袱的老人来到他的门前。

"孩子！我新来乍到，在镇上人生地不熟，此刻天又黑了，你能让我在你家里借住一夜吗？"老人说。

纳拉扬很不高兴。

"我只需要一个遮风挡雨的地方就行……"老人继续说。

"当然不！"纳拉扬大叫道，"你以为我这里开旅店呢！"

"不要生气，孩子，"老人平静地说，"我不想强求你，我另去找地方。不过，你若能给我点吃的，我将不胜感激，任何剩饭都成……"

"当然不！走开！"

"那，好吧。可你能给我点水喝吗？我渴得要命，这对你应该不难吧？"

"当然不！"纳拉扬叫道，"快走开，否则，我就放狗出来咬你！"

"那好，"老人镇定地说，"我这就走，尽管你什么也没给我，可我却要送你一件礼物。你不是非常喜欢'当然不'这句话吗？从现在开始，它将是你会说的唯一的一句话。我七天之后回来，但愿你能有所变化。"

说完，老人离去。不一会儿，纳拉扬的仆人拉姆来到花园，他犹豫半天，不敢说话。

后来，他还是壮着胆子奉承地说："主人……我母亲病了……要是我请……几天假……去关照一下……您会生气吗？"

"当然不！"纳拉扬说——可话说出口，他自己都感到惊讶。他本来是想说："你这个懒惰的傻瓜！你认为我给你钱就是让你在家待着？"可他还是哦哦了一阵说出"哦……啊……当然不！"

拉姆不胜欣喜："啊，谢谢您，主人！您太仁慈了！"他一边说，一边向主人鞠躬，然后高兴地离去。

纳拉扬坐在那里，对他说过的话感到惊讶。就在这时，他的妻子胆怯地来到他身边。

"我侄子这个周末结婚……我可以和孩子一起去参加婚礼吗？……但愿你不介意……"

"当然不！"纳拉扬干脆地说。

妻子简直不相信自己的耳朵："哦，谢谢你！你真是个好丈夫！"她说。

纳拉扬狂怒。他刚刚允许仆人休假，现在又让妻子去娘家——这是他从未让她做过的事情。他突然想起老人那句话："不管什么，这将是你会说的唯一的一句话。"

2

  这年夏天严重干旱，昆达拉普尔到处干枯。镇上两口井里的水也快枯竭，但此时离雨季还有两个月。全镇人心急如焚，无计可施。

  "我们为什么不去请纳拉扬帮帮忙呢？毕竟他家有一口仅供他自家用的又大又深的井……"

  "什么，'当然不'先生？"克里什纳帕笑道。

  "不过，这倒是个不错的主意，"希塔说，"我听拉姆说，当然不先生已改过自新。拉姆说只要你有礼貌地问他'要是我……不知您是否生气？'或'要是……您介意吗？'保证你要求什么，他都满足你。"

  人群一阵窃窃私语，大家都不相信，认为这是不可能的！这时镇上的老邮政局长迪马亚开口："为什么不试试这最后一招呢？"迪马亚的话通常受到全镇人的尊重，于是事情就这样决定了。

  拉克什大婶作为代表前往纳拉扬家，纳拉扬正坐在门廊的秋千上。当拉克什进到他家时，他愣愣地瞪着她。拉克什见他不说话，于是她说："哦，主人！您知道，上帝对我们残酷无情，今年夏天比往年更加干旱，镇上的两口井都已干涸。这样的话，昆达拉普尔的人将很快被渴死……所以，实际上今天我是来请求您……允许镇上的人从您井里打水，我这样贸然是不是太大胆了？"

  "当然不！"纳拉扬热情地说。

  拉克什大婶大吃一惊，看到纳拉扬的这一变化，她非常高兴，她赶紧跑去告诉其他人。

  当天下午，好像昆达拉普尔全镇的人都集中到了纳拉扬的院子里，男女老少都在等待得到一桶水。第二天上午，人们又来到纳拉扬家打水。就在纳拉扬坐在那里想他怎么这样倒霉时，他的园艺工南君达急急忙忙地跑进来："主人，昨天，人们只是从您的井里打水，现在小孩们却在毁坏您的花坛，掠夺您水果树上的水果。我可以用棍子打他们吗？我可以把他们赶走吗？"

  "当然不！"纳拉扬叫道，气得将一个槟榔箱砸向南君达。

"遵命，主人。"南君达一边说，一边闷闷不乐地撤退。

奇迹第五天发生。正当纳拉扬将头埋在两手之间在屋里坐着时，拉克什大婶又来到他跟前。

"谁允许你进我屋的？走开！"他想大叫，可他说不出来，他所能做的只是怒目注视着她。

"主人，您对我们太仁慈了……您通过给我们水，救了我们大家的命，您真是我们的救星和上帝！"

"当然不！"纳拉扬用隆隆的声音说。

拉克什大婶奇怪地想，纳拉扬一定是变谦虚了。"为了感谢您的恩惠，我给您带来一样我亲自做的东西。"她拿出一个小包，打开，里面是一盒精心包装的藏红花，屋里顿时充满了藏红花的味道。纳拉扬吃惊，以前从未有人送他礼物，看到这位热情的妇女，纳拉扬的心里热乎乎的。

"我希望您没有生气……"拉克什大婶担心地说。

"当然不！"纳拉扬高兴地笑着说，他想多说几句，可他只会说这一句话。

过了一会儿，两个男孩抬着一个大西瓜来到他的门口。"主人，请收下我们的礼品，我们……从您的园子里偷摘了您的番石榴……但当我们得知昨天您如何阻止南君达赶我们时，我们感到很羞愧。这个西瓜是我们自己园子里长的，请您收下。"

就这样，前来送礼的人一个接一个，一直持续了两天，纳拉扬平生第一次感受到了给予别人幸福的同时给自己带来的喜悦。

3

第七天早上，纳拉扬在他的门口又见到那位老人。

老人说："我今天路过镇子，听到了关于你的好多事情，他们都说纳拉扬是一个伟大的人。如果你不介意，我现在要收回我送给你的礼物，说不定什么时候别人还会需要它！"说完，老人笑了，露出满脸皱纹。

"哦，太感谢你了！"纳拉扬感激地说。他惊讶得目瞪口呆地站在那里，诅咒的确解除了！

"现在你想说什么就可以说什么了，"老人说，"除非你必须要说'当然不'……"

"当然不！"纳拉扬欢笑着说。

杂货商与鹦鹉

从前，一个杂货商在他的店里养了一只鹦鹉。这只鹦鹉不仅长得漂亮，嗓音好，而且非常聪明。由于鹦鹉一直在店里，所以它认识所有的顾客。每当顾客来到店里，它都上前欢迎，并问候他们的身体。

有时，杂货商外出办事，他便把鹦鹉放在柜台上。鹦鹉知道，只要主人不在，谁也不准从店里拿走任何东西。要是有顾客来，它就礼貌地说："你好，请稍候，主人很快就会回来。"

常客慢慢习惯了杂货商的做法，只要看到主人不在店里，他们就先去干别的事情，然后再回来。但陌生的顾客看到店里只有鹦鹉没有主人，却感到非常奇怪，这种情况一直平安无事地持续了很长时间。后来有一天，一只陌生的猫进到店里。突然，猫发现一只老鼠，赶紧朝老鼠扑去。从没见过猫的鹦鹉非常害怕，笨拙地飞向一个角落。但它飞下柜台时，脚上的绳子绊倒一个油罐，油流了出来。它赶紧又飞回柜台，鹦鹉翅膀的拍击声惊动了猫，猫吓得急忙逃走。

杂货商回到店里，发现油罐摔碎在地上，油流了一地。再看看鹦鹉，只见它满腿是油，正在一个角落里瑟瑟发抖。杂货商马上明白是怎么回事了，一定是鹦鹉把油罐弄倒了。

杂货商非常生气，他捉住鹦鹉，对它又叫又骂："你这只愚蠢的鸟，你打碎了我贵重的油罐，我要与你算账！"

他抓起身边的棍子，照准鹦鹉的头就打起来。打完，杂货商把可怜的鹦鹉扔到商店的角落里。鹦鹉的头被打得皮开肉绽。个把小时之后，杂货商才镇静下来。事后，杂货商觉得对鹦鹉太过分了，又开始可怜起它来。

遭到狂怒的杂货商一顿毒打，鹦鹉一声不吭。杂货商为鹦鹉洗净伤口，擦上一些药。后来，鹦鹉尽管头上的伤好了，可头上的毛却没有了，而且再也不说话。杂货商的朋友和顾客到了店里再与鹦鹉说话，鹦鹉却谁也不理睬，杂货商对自己的所作所为非常后悔。他十分喜欢这只会说话的鸟，在它打碎油罐之前，只要有空，他就与它玩。他知道自己兴隆的生意，一半应归功于鹦鹉。但鹦鹉非常执拗，不管怎样鼓励，都无法使它打破沉默。

每个来杂货店买东西的顾客都询问鹦鹉的头，并问为什么它这样安静。杂货商不得不一遍又一遍地给顾客解释："我从外面回来，发现鹦鹉把油罐打碎了，让油流了出来，一气之下，我操起棍子就朝鹦鹉头上打去，结果它的头就秃了。舌头也不能说话了。"

好几个月过去了，鹦鹉仍然不说话。杂货商不断地向顾客重复鹦鹉打碎油罐的事，使所有朋友和顾客都记在心里。由于老听主人重复同一件事，时间一长，鹦鹉明白了它头秃是因为它打碎了油罐。于是，当它照镜子时，它就对镜子里的自己说："是你打碎了油罐。"但它对别人仍不说话。

杂货商极力想使鹦鹉说话，他有意向顾客讲述许多鹦鹉的好处。他经常轻轻地拍拍鹦鹉的头，并精心地关照它。但不管他怎样关照，鹦鹉就是不说话。因为鹦鹉知道，是它打碎了油罐，让油流了出来，它受到惩罚，头才变秃，它认为最好还是保持沉默。

鹦鹉就这样沉默了很长时间。后来有一天，杂货商的好几个朋友和邻居聚集在他的店里，他们又说又笑地谈论着各种各样的事情。他们当中有一个人是秃头，当他离去时，有个朋友说："我认识他好几年了，他曾经有一头很好的头发，我不知他为什么这么年轻头就秃了？"突然，鹦鹉开始说话："我知道为什么，因为他打碎了油罐，让油流了出来，然后，他挨了打，他的头就秃了。"

听了鹦鹉的话，大家都笑了起来。

杂货商非常高兴再次听到鹦鹉说话，但他却不无感慨地说："我们应该从中很好地吸取教训，决不能凭自己的想象，草率地给别人下结论。"

一个女人的告别信

亲爱的里卡：

尽管我们相识已经十五年多，但在我前往悉尼之前，有些事情还是想和你聊聊。不过，这些事情当面不好说，只有写信才能把真情完全告诉你。

什么真情——关于你和我、我们的关系、我们的友情，关于我们永恒的契约。里卡，我再也承受不了这些重负。

我们的关系确实不错，但它最重要的部分却是妒忌。我向你坦言，我始终在妒忌你，因为你使我感到不安全……你总是在最后胜我一筹……

从我们的学生时代，你就总是名列第一，我第二。如果我的英语比你好，你就在数学上超过我……无论我怎么努力，你的分数总是比我高……期末，高什老师总是自豪地宣布："今年的第一名又是里卡。"尽管我假装为我最好的朋友高兴，可你知道这对我是多大的伤害。

你网球得冠，我游泳第一，但人们总是欣赏你的努力；你皮肤比我白，但我个子比你高。然而，人们总是喜欢你。这是为什么，里卡？我怎么就超不过你？

即使在开放的今天，为什么每个人都喜欢像你这样的内向者？我相信我妈也希望我比你更内向。最使我不能理解的是拉胡尔选择了你，而没有选择我。我实在忍受不了这种打击，应该说，我对拉胡尔的爱不下于你。

我决定要报复你——无论如何，我要战胜你。我抓住了上天给予我的第一次机会。当拉胡尔需要帮助时，我及时向他伸出援助之手。我们在接触中关系逐渐密切，后来变得越来越暧昧。对我来说，是有意那样做的，因为我想伤害你。

你感到了拉胡尔对你的不忠。看到你难过的样子，我很惬意。我和拉胡尔在一起非常开心，想到你孤零零一个人在那里伤心，我就有一种满足感。不要以为我是一个残酷的人——我只是想以其人之道，还治其人之身。

然而，我还是感到我要失败。这一次，我将失败于你的自信，失败于你对拉胡尔回到你身边的坚强信念。毕竟还是你有优势——你是他的妻子，我是他的情人。你第一，我第二。

但上个星期，我怂恿拉胡尔与你离婚，好同我在一起。我还许诺放弃我在悉尼的工作机会，留下来不走。一切都已决定——他将把这一决定告诉你，他会说如何选择我而放弃你，我是怎样在最后战胜了你。

可这是真正意义上的胜利吗？我始终是他的第二选择，他先选择的是你，我恨"第二"这个词，因为从上学时我就一直处于这个位置。不，我再也不想做你的第二了，里卡。

不过，里卡，尽管这一次我得到了拉胡尔，赢了你，但我不会接受他，我要把他还给你。你把你得到的拉胡尔输给了我，我是最终的胜者，因为是我主动把我的所得放弃了。没错，里卡，最终是我赢了，你输了。

我们可能永远不会再见。这些年我都在妒忌你，但现在我们扯平了。我有一种极大的轻松感，再也没有妒忌，再也不感到难受……

你现在真正的朋友拉吉

我是小偷

遇到阿尼尔时，我还是一个小偷。虽然那时我才十五岁，但干这一行却已经是老手了。

当我接近阿尼尔时，他正在观看摔跤比赛。他二十五岁左右，瘦高个儿，看上去随和而善良，是我信手可得的对象。虽然我可能取得这个年轻人的信任，但近来我的运气一直不好。

"你看上去像是个摔跤手啊。"我对他说，没有比奉承话更好接近陌生人的了。

"你也像啊。"他回答道。我一时卡了壳，因为我当时瘦骨嶙峋，没个人样儿。

"哦，我也凑合摔两下子。"我谦虚地说。

"你叫什么名字？"

"哈利·辛格。"我撒谎说。我经常换新名字，这样做是为了逃过警察和我以前雇主的耳目。

阿尼尔起身走开时，我漫不经心地跟着他，向他恳求似的笑着说："我想为你效劳。"

"可我无法支付你工钱啊。"

我考虑了片刻，"光管饭行吗？"我问。

"你会做饭吗？"

"我会。"我再次撒谎说。

"如果你会做饭，或许我还能养活你。"

他把我带到他在朱木拿甜食店上面的房间，让我住在阳台上。那天晚上，我做的饭一定很糟糕，因为阿尼尔把饭倒给了一条走失的狗，并且他向我下了逐客令。但我死皮赖脸地求他，并装出一副讨好他的笑脸。看到我那副样子，他禁不住笑了。

后来，他拍了拍我的头，说没关系，他将教我怎么做饭。他还教我写我的名字，他说他将教我写整个句子和数数。我很感激，我知道，一旦我能像一个受过教育的人那样能写会算，那就没有什么我想做而做不到的事情了。

为阿尼尔干活是非常愉快的。早上做好茶点，我就出去采购一天的食品。一般来说，我每天都要捞个把卢比。我想他是知道我从中捞了点小钱的，可看上去他好像并不在意。

阿尼尔的钱是靠他的小聪明和机会得来的。他常常是这个星期借钱，下个星期再转手贷给别人。他总是在为下一张支票发愁，但当支票一到，他就要出去庆祝一番。他好像是在为一些杂志撰稿：一种古怪的谋生方法。

一天晚上，他带回一小沓钞票，说是刚把一本书稿卖给一个出版商。夜里，我看到他把钱塞在了床垫下面。

我已经为阿尼尔干了大约个把月的活。除了买东西时做点小弊，我没有再去干我的老本行，其实我有很多得手的机会。阿尼尔给了我一把房门钥匙，我可以随意进出，他是我所遇到的最信任我的人。

这反倒使我很难对他下手。偷一个贪心的人容易，但偷一个粗心的人却很困难——有时，他甚至不知道自己已经被盗，这对干我这行的来说倒没多少意思了。

该是动真格的时候了，我对自己说，长时间不干，手都生了。如果我不把钱拿走，他将把它全部花在他的朋友身上，反正他是不会支付我工钱的。

阿尼尔睡着了，皎洁的月光透过阳台照在床上。我一骨碌从毯子里爬出来，悄悄地爬到他的床前。阿尼尔安详地睡着，他的面孔清晰，没有一丝皱纹。与他相比，我的脸上却布满了伤痕。

我把手伸进床垫下去摸钞票，然后我又轻轻地将手抽出。阿尼尔在梦中叹了一口气，并把身子翻向我。我不由大吃一惊，赶紧爬出房子。

一上路，我便开始跑起来，我用腰带把钞票束在腰间。跑了一阵后，我放慢了步子。边走边数着票子：五十卢比一张，共六百卢比。真是发了大财，这下我可以像一个阿拉伯石油富翁一样，过上一两个星期的好日子啦。

来到车站，我直奔站台，开往勒克瑙的快车刚要出站，尚未加速，我还来得及跳上一节车厢。但我犹豫了——我自己都说不清为什么——我失去了逃走的机会。

当火车离去，我发现自己站在空无一人的站台上，我不知道该去哪里度过这个漫长的夜晚。我没有真正的朋友，我认识的唯一好人却是被我偷了钱的人。

在我短暂的偷盗生涯中，我研究过那些丢了东西后的人的各种表情。贪心的人惊慌不安，富有的人怒容满面，贫穷的人无可奈何。但我想，当阿尼尔发现谁是盗贼时，他只能是悲伤失望。这倒不是因为丢了钱，而是因为失去了信任。

不知不觉，我来到了一个广场，我在一条凳子上坐下。十一月初的夜晚有些凉意，毛毛细雨更使我心烦意乱。不一会儿，又下起大雨。我浑身湿透，衣服紧贴在身上。凉风夹着暴雨，无情地抽打着我的面颊。我摸了摸腰间，钞票都被雨水打湿了。

啊，阿尼尔的钱！

如果我不离开他的话，早上他很可能给我两三个卢比，让我去看电影。但我现在把他的钱全部拿走了，再也不用做饭，不用跑集市，也不用学习了。偷盗成功的激动，早已使我忘记了学习的事。我知道，学习总有一天会给我带来比几百卢比更大的好处。但偷盗简直是太容易了，有时就像被别人捉住一样容易。可是，要做一个真正的人，一个聪明能干的人，一个受人尊敬的人，则是另一回事。我应该回到阿尼尔身边，我对自己说，即使只是为了学习。

我急忙向阿尼尔的房子走去，心情异常紧张，因为把赃物送回而不被发现，比偷盗更难。我轻轻地推开门，伫立在月色朦胧的门口，阿尼尔仍在熟睡。我悄悄地爬到他的床前，手里捏着那叠钞票。我把手慢慢伸向床边，将钱塞进垫子下面。

第二天早上，我起晚了，阿尼尔早已煮好了茶。他把手伸向我，手指间夹着一张五十卢比的票子。我的心提到了嗓子眼，以为我的所为被发现了。"我昨天赚来一点钱，"他说，"你将定期得到工钱。"我精神振奋，但当我接过钱时，票子还是湿的。

"今天我们开始学写句子。"他说。看来他对我所干的事是知道的，但他什么也没表露出来。

梦中情人

普拉卡什·贾姆一从客厅出来，妻子瓦尔莎就满面笑容地对他说："生日快乐，亲爱的。"

贾姆笑着说："谢谢你，其实我真不想被提醒我又老了一岁。"

"可这是你的生日呀，亲爱的。祝你快乐！"就在这时，儿子进来祝他"福寿无疆"，紧接着，已婚的女儿从马德拉斯打来电话向他祝贺生日。家庭的爱让他很是感动和高兴，多好的一个家庭呀，他想。

当妻子给他递上茶时，他发现妻子脸上洋溢着喜悦和爱意。他想起他们一起度过的三十年，想起他们结婚的时候。那时他已经是一个税务部门的高级职员，而她则是一个看上去很普通的姑娘。尽管如此，他却想娶她为妻。作为一个税务官员，经济上他们几乎没有什么困难。她把丈夫服侍得很好，他很满意。可不知怎的，他脑海里突然想起了漂亮的苏什玛·卡普尔。在爸爸被调往阿姆利则工作之前，苏什玛就住在他们家附近。她与他是同一天生人，所以，今天也是她的生日。他已经三十年没有见到她了，但他从没有忘记她。如果说他对妻子有什么秘密的话，那就是他一直还在想着苏什玛。他经常想，要是他与那个漂亮姑娘结婚，生活会是什么样子？毫无疑问，一定很美！

生活在我们居住的那条街上的所有男孩，包括贾姆，都暗恋着苏什玛，但生活在一座小城，又是在上世纪六十年代，没有一个男孩敢与她说话。所以，大家都只是暗暗地恋着苏什玛。而他更是不可能成为她的选择对象，因为他们来自两个不同的世界。她是一个难以获得的珍品，他根本得不到她。因为她是一个成功商人的女儿，而他则只是一名普通职员。

爸爸调往另一座城市后，他就再也没有见到苏什玛，可美丽的苏什玛的形象却不时浮现在他的眼前。直到如今，他依然认为她是他所看到的最漂亮的女人。他看了看长相普通的妻子，她简直无法与苏什玛相比。但是，当他再次看到妻子脸上对他的爱慕时，他感到很是惭愧，于是赶紧将思绪转移开。

在追求自己的目标过程中，贾姆一直是很勤奋的，他通过了部门考试，并得到了他能得到的所有晋升。就在快要退休时，他升任所得税专员，在孟买的任职是他职业生涯中的顶点。不管他在哪里工作，他都尽心尽责，做得很好。再过几年，他就该光荣退休了。

作为一个负责所得税的专员，他对纳税人的执法是公正的。他以耐心倾听和做事认真而著称，他与律师的关系都很好。一个案子只要交给他，律师就会很放心地向他们的客户承诺，不会有什么困难或花费，一切都会是公正的。

一天午饭之后，他大声喊叫下一个前来求助的塔拉·卡纳女士。律师带着他的顾客进到贾姆的办公室，只见求助者是一个穿着很随便的胖大的女人。她看上去像是个非常富足的中年妇女。她就是塔拉·卡纳？他心想。律师和塔拉·卡纳在贾姆桌子对面的椅子上坐下，贾姆看了看律师问："你们是什么情况？"

"先生，是一个有关资本增值税法律解释的小问题。事实没有什么分歧，这是资产已被估定的塔拉·卡纳女士。"

贾姆点了点头，拿起卷宗打开，看到主人的地址，他不禁一惊。这不是当年他心仪的苏什玛住的房子吗！他看了看坐在桌子对面的塔拉·卡纳，迷惑不解，她怎么与苏什玛的房子有关呢？"那房子不是属于卡普尔家的吗？"贾姆脱口问道。

从他们的表情看，显然律师和塔拉·卡纳女士都对贾姆的问话感到惊奇。她问:"你知道那座房子和它的主人?"

贾姆局促不安地说:"我曾经在那条街上住过,你说的这座房子就在我住的房子附近。这个男孩住在你说的这座房子里,我们曾经叫他……呃,想起来了,邦迪。"

塔拉·卡纳笑了笑说:"邦迪是我弟弟,他现在定居美国。你当时住的门牌号是几号?"她一定是姐妹中最大的,他想。"我可以问问她苏什玛现在哪里吗?"他犹豫地想,他决定还是以后再问,"我原来住在57号,我经常去邦迪家找他玩。"

"对不起,先生,我想不起你来了,也想不起你叫什么名字了,已经过去很多年了,"她说,"那时邦迪是有很多朋友。"

"邦迪有三个姐姐和一个弟弟,是吧?"贾姆试探性地说。

"是的,我是其中之一,我的名字曾经叫苏什玛,或许你还能想起这个名字。结婚后,婆家就把我改名为塔拉了,所以我现在的全名叫塔拉·卡纳,我最小的弟弟现就住在孟买。"

这个既胖大又难看的女人就是苏什玛?贾姆惊奇地想。他暗暗地骂她粉碎了他一生的美丽幻想,三十五年前的那个天真漂亮的姑娘可是他梦寐以求的偶像呀,她美好的形象一直印在他的脑海里。可现在看到的再也不是当年的苏什玛,而是一个让他如此倒胃口的形象,眼前的苏什玛再也不能让他赏心悦目。她为什么要摧毁在他心中深藏了三十多年的美好梦幻呢?

神像的报应

加奈什是一个六岁的孤儿,在一个富有的人家当佣人。要是他做错了事,主人不仅不给饭吃,还要惩罚他。像这个国家成千上万的儿童一样,加奈什的童年充满了贫困、残酷和悲伤。

加奈什只有一件财产———一个破旧的、褪了色的泥土做的加纳帕提神像。这是他们的非法棚屋在被焚烧后留下来的唯一一份财产。他对这尊神像非常崇敬和信赖,每当心情不好时,他都要向神像寻求安慰。有时,他的主人或主人的儿子会不公正地指责他玩忽职守;有时,他们甚至诬赖他偷东西。每当这时,加奈什都怀着满腹的冤屈,来到加纳帕提神像前凝视一番。他好像感到加纳帕提在向他笑着说:"不要管别人怎么说,只要你心里没错,我始终和你在一起。"

加奈什相信,只要他保持善良、正直和诚实,很快就会有好日子。他每天虔诚地向加纳帕提神像祈祷:"啊,加纳帕提,把我从这座地狱里解救出来吧。您何时能把我救出?"

加纳帕提没有让加奈什失望。不久,他的主人就死了。八岁的加奈什被主人的弟弟"接管"。或许这仅是一个巧合,他新主人的名字也叫加纳帕提。

加奈什的新主人与他的哥哥截然不同,他心地善良,能理解人。他的妻子已经去世,他有一个儿子,名叫拉胡尔。拉胡尔也像他父亲那样善解人意。从此以后，加奈什和拉胡尔一起上学，一同玩乐，吃同样的饭，穿同样的衣，俨然成为新主人的另一个儿子。

然而，加奈什没有忘记他的那尊神像，每天继续向其祈祷："神灵，请让幸福和欢乐常伴我和我的主人及他的儿子拉胡尔。"加纳帕提神像仍像往常一样朝他微笑。

数年过后，加奈什成为一位著名的外科医生，拉胡尔则成为一名商人，他们各有自己的寓所。加奈什正沉浸在对童年的回忆时，突然听到有人敲门。"请进。"他从回忆中回过神来说。

一位老人走进来。加奈什起身向老人行触脚礼，然后恭敬地说："啊，加纳帕提主人，您好吗？"

加纳帕提主人向加奈什祝福后说："我想请你帮个忙。"

加奈什感到惊讶，"不要这样说，有事您尽管吩咐。您就像我的父亲，没有您，我就不可能成为一名医生。"

加纳帕提说："我需要你的医术。我儿子病得厉害，所有医生都说不出他到底患了什么病。"

加奈什听后更加吃惊："哦，是我的弟弟拉胡尔。他怎么了？我明天就去看他。请您老人家不要紧张，我将尽我一切所能。"

经过检查，发现拉胡尔双肾衰竭，只有换肾才能挽救他的生命。然而，加纳帕提主人年老体弱，已无力为儿子找到合适的肾捐献者，而加奈什的肾与拉胡尔的肾又不匹配。

加奈什感到非常紧张和担心。他必须不惜一切代价挽救拉胡尔的生命。如果救不了拉胡尔，他将对不起拉胡尔。钱不成问题，他可以承担一切费用。只是上哪里去找合适的捐献者呢？

正当加奈什坐在那里发愁时，一位年轻小伙来到他家，说："先生，请施舍给我一些钱，我父亲因患阑尾炎住进医院，需要手术。请仁慈仁慈，救救他吧！"

加奈什脑海突然闪出一个主意。何不从急需钱的病人那里买个肾呢？然而，他什么也没向小伙子说，因为小伙子不会理解，而且还会引起不必要的警觉。加奈什跟小伙子来到医院，十分幸运地发现那位阑尾病人的血型正好与拉胡尔的血型一致。

　　加奈什在想，他是否应告诉病人他的肾将被切除。如果告诉他们，没有文化的老人和他的儿子出于害怕，可能会不同意。经过一番犹豫和思想斗争之后，加奈什决定什么也不告诉他们。他是一个资深并受人尊重的外科医生，只要是他吩咐的事情，任何医生都会去做。

　　于是，加奈什将老人的一个肾脏移植到拉胡尔身上。由于他高超的技术，两个病人很快康复。然而，没有告诉病人就把他的一个器官取走，使他良心感到非常不安。为了减轻自己的心理压力，加奈什给了可怜的老人和儿子五万卢比。

　　接下来的几天，加奈什工作很忙。电话一个接一个地向他打来，纷纷祝贺他高超的手术成功，加纳帕提主人也亲自来向加奈什表示感谢并向他祝福。加奈什回到家，感到轻松愉快。他的眼光落在加纳帕提神像上，神像仍像往常那样朝他微笑。但他却感到神像的笑似乎有些不同。是它失望了，还是不高兴？他又仔细看了看神像，他好像听到加纳帕提神像在说："不要得意于别人的好话，你的心灵已经犯罪。所以，我不能原谅你。"

　　加奈什只觉胸口一阵剧痛，不一会儿，便倒地而死。

老货郎

我的房子外面有一棵老李树。夏天,我坐在老李树的阴凉下,可以看到一条山路,穿过喜马拉雅杉树,通向附近郁苍苍的山林。这天早晨,我看见一位老人,头顶一个小锡铁箱,从路上慢慢走来。

他在我的门口停下,问我买不买东西。我想不起我该要点什么。可这位老人看上去实在太累,太老了。我想,如果他不歇一会儿,再走一步,准会倒下去。于是,我请他进园来,让我看看他的货。老人胡子雪白,皮肤皱褶黝黑,但目光炯炯有神。他干瘦如柴,两腿弯曲,身着一件带补丁的黑色背心。

他自己不能从头上取下箱子,我帮他一起把箱子抬下来,放在树阴下。老人坚持要把箱子里的所有货物都摆到草地上:手镯、梳子、鞋带、别针、便宜文具、纽扣、润滑油、松紧带以及其他日用品。

因为没人给我钉扣子,所以我谢绝了纽扣。于是,他又坚持要我买别针。我说不买。但当他一件件地向我点货时,那种颇带愠怒而又富于诱惑的声音终于打动了我的心。最后,我买了信封、信笺(鲜蓝色的纸上印着粉红色的玫瑰),一支一卢比的钢笔和几码松紧带。我不知道我买松紧带干什么,但这位老人使我相信:没有它,我就活不下去了。

这时,他从背心口袋里掏出一个小塑料杯。我以为这又是一件出售品。但他只要一杯水,我马上给他倒了一杯。他慢慢地喝完水,并没有去收拾东西，而是背靠李树干，闭上了眼睛。突然，一种恐怖感攫住了我：他会不会死在我的园里！

"我很累，先生，"他说，"请别介意我在这儿休息一会儿。"

"你想歇多久就歇多久吧，"我说，"这大热天，顶这么重的东西是够你受的。"

他抓住这说话的机会，睁开眼："我年轻的时候，这算什么！我顶着箱子走马道，可以从拉杰普尔走到穆索里——足足七英里！可现在从市集到马尔只一英里路，却感到困难了。"

"这很正常，因为你上年纪了。"

"七十了，先生。"

"在你这年纪，你还是很健康的。你看上去不超过六十五岁。"

虽然他虚弱，但体格健壮，肤色健康。

"没人帮你忙吗？"我问。

"上个月还有一个孩子，可他偷了我的钱，溜到德里去了。要是我儿子还活着该多好！他准不会让我为了糊口而这样辛苦。但他五年前就死了，死于咳嗽。"

我猜他说的"咳嗽"就是肺结核。"那么，你没有亲戚吗？"

"没有。他们都死了，我比他们都活得长，这就是健康长寿的报应。我的朋友，我的妻子，都早死了，到头来就剩下我这孤老头子了。但我也快要死了，不久就要死的。这路似乎一天比一天难走了。我感到它好像长了一英里。石头更硬了，太阳更毒了，甚至有些树也老了、死了，我年轻时这些树就在这儿，我比它们都活得久。"

他比那些树活得久，这我相信。如果他在我园里睡着了，准会在那里生根，长出弯曲的枝芽来。我眼前不禁浮现出一棵弯腰驼背、身穿黑背心的小树。他又闭上了眼睛，但还在继续说下去："对，总有太太们大量购买松紧带的时候。现在的姑娘喜欢丝绳和手镯，男孩喜欢梳子，但我却赚不了多少钱。不是他们不买我的东西，而是我走不了那么远。我一天能跑多少村庄？十个，十五个。但二十年前，我可以跑五十个村庄。那情形就不同了。"

"你常在这儿吗？"

"除了到纳吉巴巴德结婚外，我大半生都在这儿。他们修公路前我就在这儿了。那时，绅士们骑矮种马，夫人们坐人力车来到这儿。我在这儿时，这儿还没有电影院。威尔斯皇太子远涉重洋来时，我就在这儿了。地震时我也在这儿——那是什么时候，我记不确切了，那时我还是个孩子——但见地动山摇，房塌树倒。啊，我在这儿已经很长时间了，先生。当盖这房子时，我就在这儿了，这准是五六十年前的事了，我记不清了。当你活到七十时，十年算什么？我记得是一位少校先生盖了这栋房，他在这儿没住多久。一天他从马上摔下来，死了。然后，他的妻子和儿子来了——我忘记他们的名字了。孩子长得很漂亮，他们也离开多年了。所有的人都走了。"

"但其他人来了。"我说。

"是的，这是应该的。我不是抱怨这个，我抱怨的是我被遗弃了。"说着，他又拿出他的小杯子，"对不起，一说话就渴了。"

老房子

那天晚上，莫哈迪万忍，不住要去看看他的老房子——五个月之前，他把房子卖给了一家建筑商。这座三室的房子是父亲三十五年前建的，那时地皮非常便宜，周围没有多少房子。但现在这座房子却给他卖了个好价钱。

当他把房子的钥匙交给买主时，心里有一种说不出的难过，就好像为了钱，他把唯一的女儿嫁给了某个老头。在永远离开之前，他站在大门前深深鞠了一躬，恰似一个哀悼者向死去的亲人或朋友做最后的告别。当得知几天之后房子就要被拆除，并在边上再建一座公寓时，他感到更加难过。

可他能做什么？三个女儿出嫁已让他负债累累。他只是一个小小科室的办事员，他能积攒多少钱？他的债权人一个个不停地向他讨债，每个都向他提出不合理的要求。然而，现在不仅还清了所有债权人的钱，而且还在离城十英里的地方买了一套小单元。但老房子始终在他的脑海里浮现，就像他永远不能忘记的老情人。

莫哈迪万是个敏感的人，他从不让单调乏味的日常工作抑制他的感情。尽管他已五十四岁，有时他会为一部电影中的悲惨场景流泪，或被一条野狗夜里的哀鸣所感动。相反，他的妻子是一个实事求是的人。她认为过去是应该埋葬的幽灵，伤感只会削弱一个人面对生活中严峻现实的意志。

莫哈迪万计划天黑之后去看他的房子，免得别人看到他。这样还可以避免回答老邻居问这问那引起的窘迫，诸如，房子赚了多少钱？他现在住在哪里……

当他来到老房子跟前时，他惊奇地发现房子仍原封不动地立在那里，只是刻有他名字的大理石门牌不见了。门牌被凿走了——他始终认为门牌是主人注视每个路人的眼睛。

被挖去门牌的空房看上去像是一座敞开的坟墓，正等待尸体的到来。为什么房子没有被拆除，他感到奇怪。或许新主人正在忙着办理由市政当局审批的各种手续。

房子看上去非常凄凉，一种被遗弃的感觉。从被锁着的前门，莫哈迪万可以看到右边他非常熟悉的客厅和左边的卧室。院子里落满了他亲自种植的椰子树和尼木树的树叶。他精心培育的蔷薇树已经枯萎，树茎现在看上去就像生病老人的静脉血管。院子里唯一活着的植物只有仙人掌，多刺的刀掌傲然挺立。他知道，仙人掌没有水也能生存。

突然，他感到什么东西触了他的脚一下。他低头一看，原来是莫迪——他曾经用厨房里的剩饭喂过的那条野狗。它现在毛长骨瘦，看上去饿得可怜。当莫哈迪万弯腰去爱抚莫迪的头时，莫迪依偎在他两腿之间，好像再也不让它曾经的恩人将它遗弃。莫哈迪万赶紧跑进附近一家面包店，买了一个大面包，让莫迪尽情地吃饱。

就在莫迪狼吞虎咽地吃面包时，莫哈迪万听到楼上客厅的阳台上有咕咕咕的声音，他马上意识到这是鸽子的叫声。每年夏天，数只鸽子都要到他后阳台的房檐下栖息。每当妻子想去吓走它们时，他都会说："让这些可怜的生灵在这里休息一下吧，外面多热呀！"

尽管他无法进到房间里，但他开始用他的"脑眼"探视起他的房间。他回想起冬天的晚上他从办公室回来晚时妻子等待他的厨房。她不想让丈夫吃不新鲜的饭菜，她做饭时喜欢他在厨房里坐着，向她述说他一天的工作。

然后是厨房后面的房间——他把它叫做"中间房"。就是在这间房里，一年半以前，他失去了他的父亲。当时医生让他父亲在医院多待几天，但老人坚持要回家。就在父亲断气之前的几分钟，莫迪进到家里，走近正在死去的老人看了看，然后溜走了。莫哈迪万在想，死神到来之前，动物是不是可以看到。

他仍然站在门前，让他的思绪飞上顶楼。每当妻子为了一些琐事，诸如他为什么没有按时付水费和怎么能让十卢比的票子从钱夹里掉出来等而大吵时，他从不和她争辩，总是上到顶楼，把门一关，想想他院子里的树木和花草。

看着看着，他把头倚在大门上，不一会儿就打起瞌睡来，好像他的冥想使他累了。突然，他感到一只手重重落在他的右肩上。他从瞌睡中猛地醒来，一看身边站着一位警察。

"嘿，"警察几乎是喊叫道，"你在这里干什么呢？想破门而入吗？"

"不，先生，"莫哈迪万结结巴巴地说，"这是我的房子——曾经。"

"哦，房主先生，"警察笑着说，"能和我到警察局去一趟吗？那里有人想和你小聊一会儿。"

警察局的警长倒是一位和蔼的人，听完报告之后，警长只是问莫哈迪万有没有曾经拥有这座房子的证据。

想到兜里带的供给卡，莫哈迪万掏出来给警长。他仔细看了看供给卡。"但这上面只有你的名字和你现在的地址——没有关于你老房子的任何证明。"警长很温柔地说。

"那您可以去问莫迪，先生。"莫哈迪万含糊地说。

"谁是莫迪？"警长问。

突然，莫哈迪万意识到他提到的可为他作证的是一条野狗。于是，他没有回答警长的问题，只是保持沉默，但看上去有点慌乱。

这人不像是为了抢劫而侵入他人住宅的人，警长想，或许只是一闪念。"放他走。"警长命令警察。然后,他转向莫哈迪万说:"不要再到这边来了。"

"再也不了,先生。"莫哈迪万沿着人行道步履艰难地走着,小车、公共汽车、三轮车和摩托车从他身边呼啸而过。他想人们一定都在嘲笑他,但他只管往前走。

书的魅力

1

这件事情发生在十年前。

我正在阿散索尔火车站等车，在我的旁边坐着另外一个人。他手里拿着一本厚厚的书，看上去像是一部长篇小说。相互有礼貌地介绍之后，我才知道那位先生要在车站等一整天。

我要乘坐的车还有三个小时才能进站。

我们两人都是孟加拉人。

过了五分钟后，我问他："我可以看一会儿您的书吗？"

"可以，可以，当然——"

我知道他会这样回答，这是我所期望的。

我马上得到书。

这是一个闷热的夏天的中午，而且阿散索尔火车站的房顶是用锡铁皮做成的，里面简直就像蒸笼。

但是我完全忘记了我周围的一切。

这本小说非常有趣。

书的主人瞟了我一眼，然后改变眼神，他从手提包里拿出一张时刻表埋头看起来。

我屏着呼吸继续看书。

这本书太好了！

实际上，我以前从未看到过这样好的书。

作者的笔触太有力了。

两个小时过去了。

书的主人一页一页地翻过时刻表，最后转向我，说："您的车快来了，请——"

说完，他咳嗽了一会儿。

此刻，我已经全神贯注于书中了。

我无意地看了下手表，离火车进站还有一个小时，但是书还有一多半没有看完。所以，我没有在无用的谈话中浪费时间，我贪婪地一页接一页地看下去。这本书的确太棒了！

剩下的一个小时似乎转瞬即过。

终于火车进站的铃声响了。

这时，书还剩好多没看完。

我的执拗使我达到了着迷的地步。

我告诉书的主人："我决定乘下次火车，书不读完，我决不离开。"

书的主人咳嗽了一会儿又沉默了。

火车开走了。我继续埋头看书。

但是，我不能看完这本书了，因为后面缺了好多页。

我失望地对书的主人说："哎呀，后面少了这么多页！你为什么不早告诉我？太可惜啦！"

作为回答，那位先生只是两眼看着我的脸。

2

十年以后，我偶然又见到了这本书。

我是在我侄女的婆家看到它的。

我是作为陪人去那儿的。按照计划，我当天就该回来。但是，那本书的诱惑却把我留了下来。我不得不推迟返回，在那里住了下来。

我又热切地从头至尾看这本书，而不是仅看以前我没有看到的最后部分。看过几页之后，一个疑虑在我头脑中产生：这是同那本书一样的吗？是的，毫无疑问，它是同一作者著的同一本书。

　　我又看了几页——不，有些地方有问题。

　　尽管有这种感觉，我还是继续看下去。

　　看了一会儿后，我感到再也看不下去了。

　　这是我在阿散索尔车站不顾难熬的盛夏中午的闷热，全神贯注、屏住呼吸看的那本书吗？

　　作者怎么会写出这样无聊的作品！

　　这样的作品是不可能使人看完的。

　　这次我还是没有看完这本书。

寻求心灵的安宁

　　一天，一位成功的老人走进他所在城市的一个警察局，警官有礼貌地起身接待老人。老人突然大哭，并伸出他的双手，让警官把他铐起来。"为什么呢？"目瞪口呆的警官满怀惊愕地问道。老人说："五十年之前，我从我工作的地方偷盗了这些东西和钱，请收下它们，并逮捕我，将我关进监狱。"

　　警官惊奇地问道："先生，为什么现在还要求被捕？这都是五十年前的事了！"

　　老人痛苦地回答说："我偷盗这些东西之后，警察就开始到处搜捕我，可我离开了我所在的单位，来到一个很远的地方，并最终来到这座城市。然后我变换身份，开始了我自己的生意，并成为这座城市里的一个成功人士。现在没人知道我是谁，可我的罪过一直在折磨着我的心灵。罪过就像重负压着我。我再也忍受不了这种重负，请帮帮我，请一定……"他向警官请求道。

　　内疚一直伴随着老人。尽管他改变了身份、改变了住地、改变了工作，并假装成另一个人，可他怎么也无法摆脱他的过去。他过去的罪过经常搅动他的生活，使他无法快活和安宁。所以，要想活得快活和安宁，一定不要做任何让自己心灵受折磨的事情。

初　秋

　　比尔年龄不大时，他们就相爱了。很多个夜晚，他们都是一起散步，一起聊天。后来，一件很不重要的事情让他们产生芥蒂，彼此谁也不再理谁。一时冲动，她嫁给了她认为她爱的另一个男人，比尔却出于对女人的憎恨从此消失了。

　　昨天，当她走过华盛顿广场时，在分别多年之后再一次见到了他。

　　"比尔·沃克！"她喊道。

　　他停下。起初，他并没有认出她来，因为对他来说，她看上去太老了。

　　"玛丽！你从哪里来？"她无意识地抬起脸，想得到他一个吻。但他却伸出了手，她握住他的手。

　　"我现住在纽约。"她说。

　　"哦——"他客气地笑了笑，接着很快皱了一下眉。

　　"我一直想知道你发生了什么事，比尔。"

　　"我在市中心的一家很好的律师事务所当律师。"

　　"结婚了吗？"

　　"是的，已经有了两个孩子。"

　　"哦！"她说。

　　很多陌生人从他们身边路过。此刻已是下午太阳快落的时候，天有点凉。

"你丈夫怎么样？"他问她。

"我们已经有了三个孩子，我在哥伦比亚大学财务室工作。"

"你看上去很……（他想说老）……哦，没什么。"他说。

她知道他要说什么。站在华盛顿广场的树下，她不由得回忆起了过去。当年在俄亥俄州时，她就比他大。现在她容颜已去，比尔却仍然年轻。

"我们住在中央公园西，"她说，"有空来我们家玩吧。"

"一定，"他回答道，"找个晚上，你和你丈夫一定来我们家共进晚餐，哪天晚上都行，露西尔和我将非常高兴看到你们。"

树叶从广场的树上慢慢飘落，即使没有风，树叶也在飘落。秋天的傍晚，她感到有点不舒服。

"我们将很高兴去你们家。"她回答道。

"你们应该见见我的孩子。"他笑着说。

突然，灯光照亮了整条第五大道，在蓝蓝的暮色中投下几道朦胧的光束。

"我的车来了。"她说。

他伸出手："再见。"

"什么时候……"她想说什么，但她必须赶紧上车。

上到车上，她突然尖声叫道："再见！"但车门已经关上。

公共汽车启动。不一会儿，比尔就从她的视线中消失了。这时她才想起没有给比尔她的地址，她也没有问比尔的地址——也没有告诉他，她最小的儿子名字也叫比尔。

查齐的葬礼

四月五日星期三晚上六点，查齐毙命，可二十分钟之后，她又活了过来。事情是这样的：

查齐是一个宽容随和的女人，尽管儿子、女儿、侄儿、侄女好几个孩子在屋里出出进进，她照样旁若无人地在屋里做她该做的事情。她对其他孩子都很喜欢，可就是对十岁的侄儿苏尼尔喜欢不起来。苏尼尔比她儿子聪明灵敏，而且长得也比她的儿子好看。由于苏尼尔父母都上班，他们只好让她帮着照管一下他们的孩子。可她很不情愿，于是便常对苏尼尔发火或训斥。

苏尼尔感到了伯母对他的态度，于是火上浇油。他是一个十分淘气的孩子，时不时有意惹她生气，如她在瞌睡时突然在她身后爆响纸袋，或对她晾晒在外面肥大的睡衣评论一番。四月五日晚上，他特别高兴。可他玩着玩着感到肚子饿了，便进到厨房，想弄点蜂蜜吃。但蜂蜜瓶放在橱柜的上层，他够不着，他即使踮起脚，手指也刚只能触到瓶子。就在他要把瓶子扳倒时，瓶子突然咔嚓一声摔在地上。

苏尼尔知道这下又要惹伯母生气，准备赶紧悄悄离开，可还没等他出门，伯母就出现在现场。她脱下拖鞋照苏尼尔的头和肩就是三四鞋底，打完之后，她坐在地上哭了起来。

要是这顿打来自别人，苏尼尔或许会大声号哭，可来自伯母，他感到自尊受到伤害。他强忍住泪水,低声嘀咕着气冲冲地跑出厨房。

他沿着楼梯爬上楼顶,躲进他的秘密藏匿处——一个不用的储藏室的墙洞,这里藏有他的弹球、风筝线、陀螺和折叠刀等玩具和物品。他打开折叠刀,朝窗框的软木就是三刀。

"我要杀死她!"他凶狠地低声说,"我要杀死她,我要杀死她!"

"你要杀死谁,苏尼尔?"

堂姐玛杜不知何时出现在他的身边。堂姐肤色黝黑,身材苗条,今年十二岁,是他大多数勇敢行动的支持者和出谋划策者。查齐是她的妈妈。

"伯母,"苏尼尔回答说,"我知道她恨我,可我也恨她,这次我要杀死她。"

"你怎么去杀她?"

"用这个去刺死她。"他亮出折叠刀让玛杜看了看,"朝她的心脏部位刺三刀。"

"可那样你很快就会被警察局抓去,刑侦部门的人是非常聪明的,你想进监狱吗?"

"他们会绞死我吗?"

"他们不绞小孩儿,而是将其送往寄宿学校。"

"我不想去寄宿学校。"

"那就不要杀死她了,至少不要用这种方式,我告诉你怎么做。"

玛杜拿出蜡笔和纸,俯跪在地上,用蜡笔在纸上画了一张妈妈查齐的画像。然后,她用红色蜡笔在妈妈的肚子上画了一个大大的心脏。

"喏,"她说,"刺死她吧!"

苏尼尔的眼里透着激动,这真是一个绝好的游戏,玛杜经常独出心裁。他把伯母的画像挂在木板上,然后便朝画像的乳房刺去三刀。

"你已刺死她了。"玛杜说。

"这就完了?"

"哦,如果你还不解气,我们可以把她焚烧。"

"好,那就把她焚烧掉。"

她找来碎纸堆在一起，然后又从苏尼尔的秘密藏匿处找出一盒火柴。她划着一根火柴，点燃纸堆。几分钟之后，查齐就只剩一点灰烬了。

"可怜的妈妈。"玛杜说。

"我们不应该这样做。"苏尼尔说，他开始感到难过。

"我觉得我们应该把她的灰烬撒进河里！"

"撒进哪条河里？"

"哦，排水沟就行。"

玛杜用手捧起纸灰，俯身楼顶阳台，伸开手臂，将纸灰撒向楼下，有些落在了石榴树上，有些落在了排水沟里，被突然从厨房里排出的污水冲走。然后，她转向苏尼尔。

只见苏尼尔脸上正在往下流泪。

"你哭什么？"玛杜问。

"我在为伯母哭，其实我并不那么恨她。"

"那你怎么想杀死她？"

"哦，不是那么回事儿。"

"走，咱们下楼，我还得去做作业呢。"

他们从楼顶下来，查齐从厨房里出来。

"哦，伯母！"苏尼尔叫道。他跑向她，两手抱住她粗粗的腰。

"咋回事儿？"查齐问道，"这是怎么了？"

"没什么，伯母，我太爱您了，请不要不管我们。"

查齐的脸上露出疑惑的样子。她朝男孩皱了皱眉头，但看到他可爱的样子，又打消了疑虑。

"或许他真的也喜爱我。"查齐想。她用手温柔地拍着苏尼尔的头，然后拉起他的小手回到厨房。

命 运

巴格亚晚上九点才回到家里,他每天都是这个时间回来。每当这时,妻子里卡总是满面笑容地去为他开门。然而,今天门却大敞着。巴格亚感到纳闷,他急忙上楼,发现妻子正在做饭。但她面色忧郁,好像有什么心事,连巴格亚回来都没有注意到。看到妻子的异常表现,巴格亚问:"你在想什么?你今天做饭似乎比往常晚了。"里卡吃了一惊:"哦,你回来了。"妻子说:"是这样,我们的孩子病了,晚上他突然发起烧来,现正躺在床上睡觉呢。"

巴格亚用手试了一下儿子的前额,感到很热。其实,儿子并没有睡着,而是烧得躺在那里不想动。听说发烧的时候是不能给病人服药的,所以,他决定明天再请医生来给孩子诊断。但他突然想到他已身无分文,他们的钱已全部花完,实际上,他们这几天一直靠借钱为生。巴格亚这个月的工资已到该发的时候了,可老板尚未给他。没有钱,他们是无法请医生和买药的。

"在这个世界上,钱就是一切,"巴格亚无奈地想到,"现在社会就是金钱的社会。一方面,富人在穷奢极欲,另一方面,无数的穷人却在苦役下呻吟挨饿。富人可以把假的说成真的,而穷人即使说的是真话,也会被认为是假的。有钱能使鬼推磨,只要有了钱,傻瓜也会变聪明;没有钱,聪明人也会变傻瓜,这就是钱的威力。钱比人都重要,甚至比天还伟大。这些天我从早到晚拼死拼活地工作，可我得到了什么？唯一的儿子病倒在床上，而我却没钱给他治疗！"

看到丈夫的脸色变化，妻子不安地说："你不要这样忧虑，儿子很快就会好的，何必为此担忧呢？"

巴格亚假装高兴地说："我今天跑了趟长途，路上车子出了毛病，我现在有点头疼。"

巴格亚受雇于一位商人，为其开车，每月工资十五卢比。这点钱连一个人也不够用，可他既要自己糊口，又要养活全家。时下，物价在一天天飞涨，每月十五卢比能做什么？幸好，巴格亚的妻子是个非常善良勤劳的女人。她通过为街坊邻居做衣服也能赚点钱，有时每月可收入九到十个卢比。他们就这样东拼西凑地勉强度日。

夏天总算过去了，可更难熬的则是冬天。今年冬天比以往任何一年都更加寒冷。可在这寒冷的冬天，他们连足够的被褥都没有。妻子日夜在缝纫机旁辛劳，终于积劳成疾，发起烧来。然而，她不敢告诉丈夫，生怕他知道后再为她担忧。她不顾自己病魔缠身，每天依旧早晨做好早饭，伺候丈夫吃完去上班；晚上又做好晚饭，等着丈夫回来。光她一个人病还好，可孩子也病了，而且越病越厉害，真是祸不单行。

黎明，一抹金色的光芒出现在天际。叽叽喳喳的鸟叫声预示着早晨的来临。太阳从东方的地平线上升起来了，满天的星星随着天亮渐渐隐去。然而，巴格亚的家里却始终被黑暗笼罩着。孩子的烧一直不退，妻子的身体越来越虚弱。

现在是科学的时代，可科学似乎并不是为人类服务的，而是人类为科学服务。人类几乎成了机器，在日夜不停地工作！人类为了生存，除了工作，别无选择。巴格亚也不例外，也是一部机器！他必须按时上班，必须每天不间断地工作，今天同样如此，上班时间一到，他就穿着好准备出门。

这时，妻子满面忧虑地对丈夫说："今天请早点回来。如果老板还不给你工资，你最好向他索要。"

"你的脸怎么这样红，是不是病得太厉害了？"丈夫不无心疼地问。

"没什么，我这不是很好嘛！"妻子假装没事地说，"我是为了我们的孩子。"

巴格亚朝商人住处走去。他满希望完成出车任务，拿到工资早点回家。可老板一见巴格亚就说："你来了就好，我正要派人去叫你呢。快把车开出来准备好，多往油箱加点油，今天我们要到戈达瓦里去，你明白吗？"

"可今天……"巴格亚搔着头皮支支吾吾地说。老板打断他的话，问："今天怎么了？"

"我的孩子病了！"

"孩子病了，有他妈照顾。不要多说了，快把车准备好，已经不早了！"

老板就这样给他下达了命令。巴格亚的心不禁凉了半截，一时，他真想弃职不干了。可那样他又能得到什么呢？第二天一家人的日子怎么过？不管自己心里怎么想，他还是不得不遵从老板的吩咐。

那天，老板在戈达瓦里搞了一次大型游园会。他们在那里待了整整一天，回来时，天已很晚。然而，这一天巴格亚领到了工资，而且还得到了一份奖赏。巴格亚非常高兴，他觉得这一天还是值得的。

巴格亚想："妻子看到钱后一定很高兴！用这些钱，我们不仅可以给孩子看病，而且还可以暖暖和和地过冬！"路上，巴格亚顺便为儿子请了一位医生。就在此刻，他听到路口有一条狗在狂吠。他心头不禁一阵发凉，于是，他赶紧往家走。

今天，大门依然大敞着。但当他走进家门时，顿觉一股恐惧感向他袭来。院子里什么声音也没有，静得可怕。他直奔他们的房间，只见房门也大开着，里面一片漆黑，什么也看不清。他急忙把油灯点亮，发现妻子和儿子偎缩在一起，一动不动地躺在床上。

儿子浑身已冰凉，而妻子却烧得像火炉。

蓦地，他和她四目相对

天突然下起雨来，他赶紧躲到路旁一株枝繁叶茂的榕树下，心不在焉地望着时急时缓的雨。一只淋得湿漉漉的狗在街上跑着，路旁两头水牛正在吃橡胶树的叶子。这时，他霍地意识到在弯曲的树干背后，还有一个人站在那里。他无法抑制自己的好奇，于是，他慢慢绕过树干。蓦地，他发现自己和她四目相对。他不禁"噢"了一声，显得十分悲伤和不知所措。树后的女人看到他，克制自己没有叫出声来。

他镇定了一下说："不必担心，我会走开的。"在和妻子分开这么长时间之后，见面就说这种话似乎显得傻气。他避开她，又回到原来的位置。但旋即他又来问："你怎么来这儿啦？"他生怕她不搭理他，不过她还是说话了。"因为下雨！"她回答说。"噢！"他想借机开个玩笑使她高兴。于是，他笑着说："我也一样。"但说这句话时，他感到很尴尬。

她什么也没说。此刻，天气是最好的话题，于是他说："没想到天会下雨。"她望着别处，不搭理他的话。他竭力想就这个话题说下去。"如果我事先知道要下雨，就会待在家里或带把雨伞出来。"她全然不理不睬，无动于衷。他想说："你耳朵聋了吗？"又怕她做出什么不要命的事。她在绝望时可是什么事情都能做得出来。在那天晚上他们发生最后危机之前，他可从未想到她会有那么大的火气。

他们结婚之后出现过多次危机，他们从来有过共同的看法。每个问题都会带来一场危机，每场危机过后他们又都耿耿于怀。就连是听斯里兰卡电台广播还是听全印电台广播，是看英国电影还是看泰米尔电影，茉莉花茶要浓的还是淡的等等，都会引起争论，造成关系紧张，致使他们夫妻反目，几天之后才能言归于好。不过每次和好都是好景不长。

一次，他们和好之后，双方订立了一个内容详细的条约，并在祈祷室的神像前签了字。当时他们都以为，有这个条约的约束，今后就不会再有什么伤心的事了。然而，这个条约也是短命的。就在双方签字不到二十四小时，条约的第一条"我们从此不再吵架"就首先被破坏。这一条一破坏，其他所有条款统统成了一纸空文。

此时此刻站在雨中，他为她被雨逼到这儿感到高兴。自从那天晚上她离家出走之后，他一直没有打听到她的下落。那天，他们又和往常一样因为饭菜问题争执起来。她声称要离开这个家，于是，他便把门打开说："请便吧！"没想到，她真走进了冥冥黑夜之中。他满以为她会回来，好久没有闩门，可她却一去就再也没回。

"我没想到还会见到你。"她搭讪着说。

"是的，我很担心。"他说。

"那么你到附近的井边和水塘边找过我吗？"

"还有河边是不是？"他补充说，"没有。"

"如果你真的如此开恩，那我倒感到奇怪了。"

"你不是没有死吗，干吗怪我没找你？"他声调忧伤，近似哀求。

"那只能说明你没有良心。"她说这话时，差点跺起脚来。

"你太不通情达理了！"，他说。

"噢，天哪！你倒研究起我的性格来了。真倒霉，这雨偏在这个时候下，让我躲到这儿来。"

"可我认为这是一场好雨，它使我们又重新走到了一起。我能问一下这段时间你都在做些什么吗？"

"有必要回答吗？"她觉得他的话音有几分同情。他能说服她再回到自己身边来吗？他问："难道你不担心我的命运？不想知道这几个月我是怎么过来的吗？"风向突变。一阵风过后，一些雨水滴落在她的脸上。他想借由上前用手绢为她擦擦。可她躲开了，并大声说："不用你管。"

"你已经湿了……"树上又摇下几滴雨水落在她的头发上。他用手指着她焦急地说："你已经湿透了，何必呢？你可以往这边靠一靠嘛。如果你愿意，我可以站到你那里。"他希望他的话能使她动心。可她却回答说："用不着你为我操心。"她站在那里，漠然地望着雨水从路上流过。

"我去拿把伞或叫辆出租车来好不好？"他问。她瞥了他一眼，又把脸转过去。他又问了几遍。

"我是你的玩物吗？"她问。

"你怎么能这样说？"

"你高兴了就把我拣起来，不高兴了就把我扔出去。"

"不是我叫你走的嘛！"他说。

"我根本不想听这些。"她说。

"你知道我有多么后悔，我的心都要碎了。"

"也许这话还是去对别人讲的好。"

"这话我不能对任何人讲。"他说。

"这就是你的烦恼，是吗？"她问，"我对此已不感兴趣。"

"你没有良心了吗？"他真的哀求了，"我说我后悔了，你应该相信我，我现在已经改变了。"

"我也改变了，"她说，"我现在已不是从前的我了，我对别人无所求，所以也不感到失望了。"

"你能告诉我你在做什么吗？"他央求道。

她摇头不语。

"你是不是一直在这儿，还是……"他想打探她的住处。她抬头看了看雨，又愤愤地瞪了他一眼。

"那我可没法让雨停下来，我们只好待在这里一起观雨了。"他无奈地说。

"没有必要，什么也挡不住我。"说着，她猛地跑进雨中。

他在后边大声喊道:"等一下,等一下,我不再说什么了,快回来吧,别淋湿了。"

但她已经跑远,消失在雨雾中。

不速之客

一切都是突然发生的！他们曾经是两个陌生人，是因特网使他们成了朋友。接下来的日子，他们在网上鸿雁传书，关系日益密切。

那是1999年9月7日，达瓦上网打开自己的邮箱，发现这样一封邮件：

你好，朋友，请不要感到惊奇，我是在浏览美国网站时看到你的电子信箱的。我叫贾吉·扎姆，现在新加坡学习工程专业。先告诉你这些，如果你对我感兴趣，我将告诉你更多情况。

祝好！

扎姆

达瓦看着屏幕，心怦怦直跳。他立刻回复道：

你好，扎姆，非常感谢你发给我的邮件，我很乐意与你交朋友，我是加拿大新不伦瑞克大学的研究生。你若想知道我或加拿大更多的情况，请继续给我发邮件。

再见！

达瓦·藏泊

于是，两人邮件往来，相互不断增进了解，很快成为要好的网友。然而，达瓦只是想与扎姆分享其经历，并无其他想法。但扎姆与达瓦交往却是有自己的明确目的，她在一个邮件中写道："我现在百分之百地确信我们的关系将会是什么样子。"达瓦没有明白她的意思。

他们就这样日复日、周复周、月复月地一直在网上交往着，扎姆对达瓦的了解越来越深入。后来，她在给达瓦的一个邮件中，直截了当地问了一个她一直想问而没有问的问题："你结婚了吗？"

"我喜欢悬念，所以，我想对我的婚姻状况暂时保密，你可以猜一猜！"达瓦很快回复道。

"我很快就要回不丹……你若有什么话要说，请现在告诉我，我不想给以后留下遗憾。"扎姆接着回复道。

直到这时，达瓦才意识到扎姆与其交往的真实意图。他怀着沉重的心情给扎姆写了这样一个回复：

亲爱的扎姆，从收到你的第一个邮件到现在，给你发邮件一直是我的一种享受。既然你很快就要回不丹，我衷心地祝你旅途顺利，并为你未来的成功祈祷。

我是一个已婚的男人。一直以来，我始终是以一个网友的身份在与你保持联系，请一定不要有什么误解，我希望有一天我回不丹后能见到你。如果我们能有机会坐在一起聊聊天，喝杯茶，回忆一下过去，那将是一件很美的事情。

我可以隐瞒实情，与你结婚，可那将使你后悔终生。我是个诚实的人，从不欺骗，也不想去这样做。请记住，我仍然是你的朋友，但我不知道你是如何看我的。

不管怎样，我祝你一切顺利，前途光明。你是一个漂亮姑娘，我相信你会很快找到一位英俊的小伙做你的终身伴侣。如果我们的交往令你失望，那就请你原谅我。实际上，我根本不知道你的真实意图。过去的就让它过去吧。就此打住……再次感谢你。

达瓦·藏泊

达瓦坐在公园里的一条凳子上陷入沉思。他真的为与过去的网友就这样分手感到遗憾，但他深知婚姻不是游戏。在他看来，婚姻就像一个笼子，如果是忠诚的丈夫和妻子，只要进去了，就再也不能出来。

　　一阵冷风吹拂在达瓦的脸上，把他从沉思中唤醒。他起身往家走去。那一夜，他失眠了。

爱情是盲目的

一切都发生在两个月之前。在纽约这个大都市待了好几年，我有机会结识了不少人。但迄今为止，我还从未遇到过一个真正让我心动的男人。没错，我是有过几段浪漫史，但都无果而终。

我的挫折感、孤独感和恐惧感越来越严重。倘若我再不努力，恐怕我永远也找不到"另一半"了。于是，我在网上登了一则征婚广告，我要看看究竟有多少人在意它。这东西有用吗？我怀疑。我见过几个人，虽然他们都挺好，可没有一个人让我心跳加快，能吸引我。后来，我看到了他的简介，简单明了，上面还有一张他的大照片，第一印象不错。于是我给他发了个电子邮件，没想到对方很快回复。看得出，他对我也挺感兴趣。于是，我们交换了电话号码，并在电话里聊了几回，我们约定在周末见面。

星期五傍晚，约会时间刚到，他就打来电话说他正在我办公室外面等我。放下电话，我便跑出去见他，心怦怦直跳。我们相互问好后，便进到一家饭店。吃过晚饭，我们一起聊天，但我们没有聊起来没完，事实上，我们聊着聊着还不时出现尴尬的沉默。不过，通过一晚上的接触，我对他有了一个大概的印象。在对许多事情的理解上，我感觉到了他的聪明和敏锐，这使我既吃惊又高兴。他送我回家，当来到我家门口时，我邀请他进屋坐坐。他进来了，却没有入座，只是很不自然地站在那里。我很自豪地炫耀着我书架上的书籍和从窗户里看到的外面的美景。看得出，他对我的住所很满意，我非常惬意。他说了声"再见"，就走了。

第二天，他打电话来问我是否愿意再见面，我当然非常愿意。那天天气很好，我坐在门外一边看报纸一边等待他的到来。不一会儿，我就看见他向我走来。不知怎的，我突然感到有些紧张，可我并没有站起来，只是把报纸放下。为了掩盖我的紧张，我仍坐在那里不动，看着他朝我走来。见我这个样子，他向我莞尔一笑。我们坐在阳光下面，彼此话语都不多，应该说沉默的时候多于交谈。不过，我倒没觉着怎么，他好像也这样。闲聊几个钟头之后，他问我："你是怎么想的？"我很高兴他这样直截了当地问我，他说他想和我出去走走。从他的表情我看得出他在离开我之前想吻我，可他并没有这么做。那个晚上，他又打来电话，说我也可以给他打电话。打那之后，他每周都会给我打几次电话，每次大都在晚上十点钟左右，我们在电话里一聊就是很长时间。

我爱上了他，是什么原因，我说不清楚。我见过比他更英俊、更有成就、更富有的男子，而且这些男子都对我唯命是从。可他却不是这样，他有自己的主见，也许这正是我喜欢他的缘故。

我不知道我为什么会对他如此，我想问问他是否对我也有感觉，可我没有问他。后来，我慢慢发现，他对某些话题总是避而不谈，抑或把话题转移。我不想和他对质，因为现在问这样的问题似乎早了点，即使问他也不会正面回答，闹不好还会适得其反。我总以为有些问题当面不好说，他会在电话里给我说，可他也没这样做。我们就这样交往了一段时间，彼此谁也不谈过去的事情。看得出，他是喜欢我的，可他从不表白。我知道如果他不喜欢我，他会毫不犹豫地告诉我，可他并没有这么说，他模棱两可的态度让我很是困惑。

不知不觉六个星期过去了。在这期间，我们聊了很多，也见过多次面，我们还在一起共同度过了三个周末。我心里很清楚，我还有很多应该知道而还不知道的事情，我问他为什么还没有结婚，为什么到现在还没有找到一个自己心仪的姑娘。他告诉了我一些他的恋爱经历，他说他最后一次恋爱是在三年前开始的，大约在九个月之前结束。我对此没有多问，因为我想这对他来说是件不愉快的事。我还愚蠢地认为，我无须更多了解此事。我想象不出一旦我知道了他的真实情况，那该是一种什么样的感觉。三个星期前的一个星期六，他打电话问我是否愿意和他及城里的朋友们一起吃饭。我不得不拒绝，因为那晚我已经与一位女友有约。第二天早上，我做的第一件事就是给他打电话，可电话拨通之后却没有人接，一整天我都焦灼不安。到了晚上，我又打了一次电话，这次终于听到了他的声音。刚开始我们只是泛泛地闲聊，后来，他吞吞吐吐地说："哦，我……我想和你说个事……"我的心开始往下沉，我知道他要说什么。他说他思绪很乱，不知道如何处理他先前的那段感情以及他和我之间的事，事实上，他希望我们从此不要再见面。

我不知道应该怎么办。我让他把事情都理顺了之后再给我打电话，我说了声祝他好运便挂断了电话。那是一种非常糟糕的感觉，比孤独、绝望、无助更糟糕。再一个周末到来的时候，我又给他打电话，问了他一些以前我从未问过的事情。

"你要回去找她吗？"

"是的。"

"你们会重新走到一起吗？"

"是的。"

我听了一下懵了，他在电话中怎么问，我都没有再答话，最后还是他挂了电话。那是在两个星期前。

我一直搞不清发生在我身上的这一切，为什么我会在乎一个根本不在乎我的男人？为什么我仍觉得自己失去了一件宝贵的东西，这是一种我从未有过的感觉。为什么？我想，在将来的某一时间，我会把这一切甩在脑后。当我再回首，我会发现自己的愚蠢，或者不是我的愚蠢，而是我从未有机会真正了解他。在和他相处的这段时间里，我早已预感到我们两人没有结果，可我却深深地爱上了他，并为他付出了很多。

爱情真的是盲目的。

卖报老人

老人在黑暗中摸索着找寻他放错地方的火柴。由于邻居家的变压器烧坏了，电灯突然熄灭了。他找到了火柴，却没有找到蜡烛。黑暗中，他看不清任何家什和物件。

过了一会儿，电来了。突然的亮光，使老人的眼睛一时昏花。显然，是电工来把变压器的保险丝换好了。老人刚刚在他的出生地度过七十岁生日，随着年岁增长，老人头脑已不再像以前那样清醒。

次日，晨光从没有窗帘的脏兮兮的窗户射进屋里，将老人照醒，他揉着满眼眼眵又充血的眼睛从吊床上起来。他头脑模糊地数着屋里的所有——一块破地毯、一块褪了色的桌布、一把摇摇晃晃的椅子、一条磨光绒毛露出织纹的旧毯子和一张军用吊床。

他半呻吟地挣扎着在吊床上坐直身子，穿上衣服下床。他马马虎虎地吃了几片干面包片，喝了一杯温热的茶。整理好吊床上的盖毯之后，他穿上一双大号鞋，戴上一顶积满污垢的破旧帽子，准备开始新的一天。

老人性情温顺，友好乐善，与左邻右舍相安无事。但他经常一时糊涂地说的话和做的事，却会激怒邻居。老人独自一人生活，身边只有他的宠物猫与他做伴。有人说在某个遥远的村子里，他有个儿子或女儿，可老人从未提及过。后来有一天，老人心爱的猫在街上的一次事故中当场死亡，老人就像失去亲人一样伤心，他找了个地方把猫埋葬。时间一长，老人慢慢也就忘却了他曾经心爱的猫。

邻居们每天看到老人早出晚归，总是一副疲惫不堪的样子，但他们谁也不知道老人在做什么。实际上，没有人想去了解他到底在做什么。有人说他在街边有个小小的书摊，有人则说他在广场卖小饰物，没人确切地知道老人每天在忙什么。

实际上，老人是靠卖报为生。每天一大早，他便来到报摊买上一摞当天的报纸，然后便去找个地方叫卖。他从早到晚地叫卖，声音都嘶哑了，现在再也喊叫不了了。

老人目不识丁，既不会读，也不会写。报纸上的印刷文字对他来说完全是陌生的。在没人来买报时，他常常徒劳地用铅笔头在纸上临摹报纸上的字。

卖报竞争非常激烈，头脑迟钝的老人根本竞争不过年轻的同行。那些报童们腿脚灵便，卖得最多，所以收入也高，而老人每天却仅能赚到几个硬币。

老人赚得的钱连自己吃饭都不够，只有自我保护的本能使他在一种糊里糊涂的状态下想问题做事情。

在不卖报的日子里，老人做饭就很简单。他首先生着炉子，在炉子上放一锅水，里面放上大米，切上几片肉和一些蔬菜，然后便一起炖煮。

夜里，老人常常躺在吊床上难以入睡，他在想他是否还能像以前那样生活。由于不断地叫卖，他的嗓子疼得厉害。他烦躁不安，于是，从吊床上坐起来，极力想把思绪集中在第二天要干的事情上。但却无用，因为他的头脑已不受支配。他决定不去想那么多，让大脑好好休息一下。于是，他又躺下，在一片黑暗中，老人很快便打起鼾来。后来，老人不知被什么东西惊起，躺在那里再也睡不着。

老人下床关起门窗，把椅子搬到墙边，在屋里踱来踱去。可冥冥黑夜，他能做什么呢？在拥挤的人群中叫卖了一天报纸，老人已经筋疲力尽。于是，他又回到吊床上，躺在那里想着凄凉无助的晚年。

良心发现

公共汽车进站停下，安妮特被后面的乘客推拥着下车。由于车上座无虚席，她一直抓着拉手站了一路，胳膊都举疼了。这路车每天都这样拥挤，难道她就不能想办法搞到个座位？可遗憾的是，公共汽车不能订座。后来，她突然想出一个点子，她觉着这个点子值得一试，而且肯定有效。

于是第二天，她用长长的绷带把右脚踝包扎起来。她拄着拐杖上车，四下看了看，车上仍是座无虚席，她不禁哀叹一声。她有意把纱丽提高，露出被绷带扎着的脚踝，一瘸一拐地走向车子前部，动人的脸上现出一副疼痛的表情。她在一个地方站稳，伸手抓住头上的拉手。

车上好多人都朝她看去。这时，坐在她邻座的一位男乘客从座位上站起来："请坐我的座吧，"他说，"你的腿有伤，不能老站着。"

"哦，太感谢你了。"她笑着说。她坐在男乘客让出的座位上，而他则抓住她刚刚抓过的拉手。她觉得这是一种胜利，她的点子成功了！但她仔细一想，她的这种胜利，是一种自我堕落。仅仅为了在车上得到一个座位，她怎么能做出这种欺骗行为！然而，懊悔已经晚了，她只好亏心地享受着有座的舒服。

当车停下时，她没有忘记一瘸一拐笨拙地下车。这一次，没人再挤她推她。在走向办公室时，她也不忘自己的腿"不好"，假装一颠一跛地走。但一进楼门，她就直奔女厕所，把绷带解下，缠起装进自己的手提包，以备回去时再用。

第二天，安妮特简单想了一下之后，决定继续如法炮制。尽管她心里感到非常内疚，可她还是合理地认为，她需要让老是抓举的手至少得到几天休息。于是，她包扎好脚踝，走向车站，当然还是重复昨天的样子。当安妮特一瘸一拐地进到车里时，她极力想让乘客知道她有伤残。她满车上看了看，想找个空座，可所有座位上都有人。她以夸张的失望表情，伸手抓住头上的一个拉手。过了一会儿，一位经常乘坐这趟车的男乘客从座上站起来："请坐我的座吧，"他说，"你的腿有伤。"

她朝他甜甜地笑了笑，并向他表示感谢，然后在他让出的座上坐下。接下来的两天里，她继续如法炮制，每次都不乏殷勤的男士主动给她让座。

次日，她上车，有幸找到一个空位。她舒服地坐在座位上，汽车飞快地向前行驶。车到下一站，上来一位老太太。只见她左臂挂着悬带，右手拄着拐杖，在拐杖的帮助下，她艰难地上到车上。老太太四下看了看，想找个座位，但没有空位。由于左手不能动，她只好把拐杖立在她身边的座椅上，用右手抓住头上的拉手。

安妮特希望哪位乘客能够起身给老太太让个座。老太太对车上乘客显得很客气，但她这样好像并不是为了得到人们的同情。为什么？因为她已人老珠黄，毫无吸引力。显然，男人的殷勤是专门送给年轻漂亮姑娘的，安妮特非常生气。

但她清楚地知道，她之所以能够赢得男士的青睐，是因为她沾了年轻漂亮的光。不过，她还是为自己仅仅为了得到一个座位而采取的欺骗行为感到羞耻。

她从她的座位上站起来，拄着拐杖走向老太太。她拍了拍她的肩膀，老太太转过头。

"您该坐下，大妈，"安妮特说，"我把我的位子给您空出来了，您去坐吧。"

老太太看着安妮特打着绷带的脚踝："可你的脚伤了。"她关心地说。

"伤快好了，大妈，"安妮特回答说，"我现在站着已没多大问题，请……"见老太太犹豫，她敦促道。

"谢谢你，姑娘。"老太太回答说。安妮特领老太太来到她的座位。

"受伤的"年轻姑娘的善举，把车上乘客的目光都吸引了过去。他们都感到无地自容，因为他们没有一个人主动把自己的座位让出。

当然，他们不知道安妮特的绷带里面是什么问题也没有的。他们永远不会知道这个秘密，因为她再也不会干这种骗人的事了。

神秘的乘客

很多年以前，当我还仅仅是个小伙子时，不像现在这样满脸皱纹、老态龙钟，我每天上下班通常都是乘火车去乘火车回。由于没有什么牵挂，又没有什么需要关照，我每天常常工作到很晚，并经常为别人替班。这意味着我得经常深夜乘车回家，这对我倒没有什么不便，因为我喜欢乘火车旅行。

一天夜里，我像往常一样深夜乘车回家，一路上乘车的人不多。在同行的人中，有一位小个子老太太，手里拿着一个很大的购物袋。我一看到她上车，就蓦地想，她一定是那种很健谈的人，也就是说坐在你身边、一路上没完没了与你说个不停的那种人。"千万别坐在我身边！千万别！"我当时就想。她的确没有坐到我身边，她坐在了我的对面。

火车每站都停，但每次都是下车的人比上车的人多。每当这时，小个子老太太就会环顾周围，看着人们上上下下，然后转过头来朝我笑笑。就这样，一直到车厢里只剩下我们两个。此时，唯一有所不同的是她的笑声更大了。

要说她的举止使我感到有些紧张，那是言过其实，但确实让我感到不可理解。现在整个车厢里就剩我们两个人，于是，她说话了："很高兴，终于就剩下我们两个了。"她以一种神秘的声音说："因为我还有一些事必须要做。"

就在这个时候，她身体前倾，将手伸进她那个大大的购物袋，从袋子里拿出一把我从未见过的最大的螺丝刀。当她拿着螺丝刀对着我的时候，我注意到螺丝刀扁平的头部被磨得很平。我以为她要对我做什么，吓得我够呛。

"对不起，年轻人，可我不得不这么做，这些孩子令人可怕！他们总是弄松这些螺丝！"

说完，她就突然转过身子，开始拧与我们挨着的那扇车门上的螺丝钉。把门上所有的螺丝钉都拧紧之后，她把螺丝刀又放回到她的大袋子里，坐到原来的座位上，一脸满意的样子。她没有再说一句话，到了下一站；就下车了。此刻，我的脸色看上去一定非常苍白，因为我在曼彻斯特皮卡迪利大街下车时，发现列车长立即注意到我。

"你还好吗，朋友？"列车长问道。

"不好，简直糟糕透了！"我回答道，并且告诉他我在车上所遇到的一切。他听了一点也不感到吃惊。

"噢，她呀！是的，我们知道她的一切！"他笑着说，"她不伤害人。"

然后，他就给我讲了她的故事：三年前，老太太的儿子儿媳因公去了国外，留下孙子让她照看。可悲的是，孙子在乘坐这趟车去上学时从车上掉下去摔死了。尽管这个事故与老太太一点关系也没有，可她感到自责，因为孩子是由她看管的。打那以后，这位老太太就总是在火车上拧车门上的螺丝钉，以此希望能赎回她想当然的过错，而且也是为了防止这样的惨剧再次发生。

"真是太不幸了！"在他讲完故事时，我不以为然地说道，"可她的行为还是让我不可理解！你们就不能阻止她吗？"

"我们试过，"列车长笑着说，"可谁也无法阻止她，她照例不时上到车上挨个检查每节车厢门上的螺丝是否松动，不是紧紧这里，就是紧紧那里，直到确信每个螺丝安全牢靠。时间长了，我们都把她当成了我们中的一员。"

听了列车长的介绍，我不禁对这位神秘的乘客产生由衷的敬佩。

情缘了结

如果我告诉你我十五岁就有了一个二十五岁的情人，你肯定不相信，她与我是近邻，我深深地爱上她是因为她实在太漂亮了。

我至今解释不清楚我怎么会博得她的爱，实际上，我彻底被她的妩媚所倾倒。每天晚上，我的脚总是情不自禁地朝她的家门走去。但我仍能清楚地记得我是如何与她分手并了结那段情缘的。

一个寂静而又寒冷的夜晚，我感到有点头痛，不知不觉便打起瞌睡。当我醒来时，已经是晚上九点半。我立刻意识到，我心仪的她一定在急切地等着我。于是，我手里打着光线暗淡的手电筒，急忙朝她的住处走去。

来到她的门前，我听到里面有异性说话的声音，我想一定是她的什么朋友来访，我紧张不安地在门外等待来访者离去。但来访者好像就在自己家里一样，很是心安理得。实际上，他们正在吃饭。

这时，我突然有一种不祥的感觉：她与别的男人有不正当的关系。我如此深深地爱着她，而她则对我不忠，我感到自己被玩弄了。

"我必须马上抛弃她。"我想。当我就要气愤地离去时，我听到门里面有脚步声传来。我急忙跑进庭院，躲到牲口棚的门后。使我惊奇和害怕的是，来访者朝我走来。我四下找寻应对武器，突然，我的手摸到竖在门后的一根铁棍，我紧握铁棍等在那里。

一定是铁棍中的某种电流迷惑了我的大脑，接下来发生的事情实在让我无法解释。那人路过我身边时根本没有注意到我，直奔树丛去小便。我必须承认，那时我妒火难忍，简直就要发疯。想到他分享了我的快乐，就怒火中烧。于是，我悄悄地走向正在小便的男人，抢起铁棍，用尽全力朝他的颈部打去。受此一击，他当即趴倒在地上。

我急忙逃离作案现场，一路跑回家，连头都没敢回一下。哥哥和我都是孤儿，我们彼此相依为命住在一起。当我回到家时，他人不在，我没有吃晚饭就上床睡觉了。

第二天一大早我就醒了，但仍不见哥哥的身影。突然，我的心脏好像跳出嘴边。难道……不，不可能！我摇着头，极力排除我可能杀死哥哥的疑虑，但我的心脏突突直跳。我朝窗外看了看，使我宽慰的是，我发现哥哥正倚在院外的栅栏上。我一边朝他喊"阿秋！阿秋！"一边朝他跑去，但当我来到他站立的地方时，他已不在那里。

我回到房间，重又躺在床上。然而，想到可能发生的事情，我怎么也睡不着。后来，我终于糊里糊涂地睡着了，但心中的不安使我做起了噩梦。我在梦中不时哭喊着："阿秋！阿秋！"时，我感到有人在推我，我睁开眼，发现哥哥在我床边，是他把我推醒的。

"谢天谢地！"我叹息道，"但愿不是你！"

"傻瓜！"他对我说，"你一定是在做梦。"

我是在做梦吗？可一切是那么的逼真！我掀掉被子，下床，只觉一只脚踩在地上的什么东西上。我知道我踩着的是一根铁棍，而且正是我从情人家拿回的那根铁棍！

骄傲的美小鸭

美小鸭与伙伴们住在一个小池塘边的木棚里。她长得很美，洁白的羽毛，黄亮的嘴巴，淡黄的蹼足，还有一副呱呱叫的金嗓子。

但美小鸭有一个大毛病，就是太骄傲。美小鸭自以为从来没有一只小鸭子像她那样聪明，像她那样美丽，所以总是喜欢津津乐道地谈论自己。伙伴们都厌烦她了，因为对她喋喋不休的自我吹嘘都听腻了。

"美小鸭如果不是只顾自己，也关心一下伙伴的话，那定是只不错的小鸭。"伙伴们这样说。就这样过了一段时间后，伙伴们都离开了美小鸭，谁也不再听她吹牛了。

"哼，他们嫉妒我，我才不在乎呢！没有他们，我照样活得自在！"美小鸭自言自语，大摇大摆地朝池塘走去。

一连好几天，美小鸭生着气，孤身只影，不与任何伙伴来往。后来，美小鸭看到伙伴们在水里一起玩游戏，多么希望自己也在他们中间呀！但美小鸭仍然不懂得为什么自己孤孤单单，无人理睬。

"像我这样的小鸭，既美丽，又聪明，必定是个好伙伴。"美小鸭想。

第二天，美小鸭像往常一样独自坐在池塘边，看着自己在水里的影子，自我陶醉地想：我看上去多美呀！这时候，水上漂来一个花环。美小鸭高兴极了，她用嘴啄起花环，将头伸进去，花环戴在她的脖子上，配上她洁白的羽毛，她看上去更美丽了。

"让他们看看去，我这样美，他们必定要与我交朋友的。"美小鸭这样想。美小鸭跑到伙伴们跟前，摇头摆尾，晃来晃去，炫耀自己，吸引伙伴们的注意。伙伴们抬头看着美小鸭，客气地点点头，又继续做他们的游戏了。一只老鸭子——伙伴们中的年长者——告诉美小鸭把花环从脖子上取下来，说戴着它很危险，但美小鸭没有听老鸭子的话。美小鸭气愤地呱呱叫着，怒冲冲地离开了伙伴们。

美小鸭刚走到池塘边，老鸭子就发出了危险的警告。一只棕白相间的大花狗已经瞄准了鸭子们，决定要逮一只充饥。

小鸭子们全都呱呱地叫了起来，半跑半飞地朝木棚逃去。

美小鸭也在跑，可她离木棚较远，所以跑在最后，那只大花狗就跟在美小鸭身后。美小鸭惊恐地向棚门扑去，但她恐惧地看见，花环被门口的钉子挂住了。此刻，美小鸭几乎吓昏了，拼命地呱呱叫着。伙伴们看到这种情形，都跑了出来，将大花狗团团围住，连嘘带啄，一只鸭子去拉美小鸭花环的绳子。

绳子终于拉断了，花环落地，美小鸭奔进木棚，躲到一个角落里，喘息不已。大花狗在鸭子们的合力攻击下，团团乱转，狂吠着落荒逃走。伙伴们都关心地聚到美小鸭周围，看看她是否平安无事。美小鸭镇静过来后，说："谢谢，谢谢诸位，你们救了我的命。啊，你们是多么善良勇敢呀！"

那天晚上，美小鸭一直在想：有这样好的伙伴，我是多么幸运呀！现在美小鸭开始明白为什么伙伴们不与她玩的道理了。"一心想着同伴，才会有朋友，而我却只想到自己。"美小鸭想。

海龟与猴子

一片森林里住着一只海龟和一只猴子，它们是很好的朋友。

尽管它们住地不同，可它们经常相互来往。一天，海龟来到猴子家说："亲爱的猴子朋友，天这么好，我们出去走走吧。"

猴子同意，于是它们高高兴兴地一同外出散步。刚走出不多远，它们就在山路一侧看到一棵正在茁壮成长的香蕉树。

海龟想香蕉树一定很有用处，于是它就问猴子："我们该用这美丽而又嫩绿的植物干什么呢？"

自认为聪明的猴子马上说："我们可以把它分了，我们把它一分为二。我要上半部，你要下半部。"

于是，香蕉树就这样分了。猴子很高兴地把结有果实的香蕉树上半部扛回家，海龟费了很大劲把带根的香蕉树下半部弄回家，并把它栽种在了它的花园里。

猴子把结有果实的香蕉树上半部栽在紧挨它与它的大家族常在下面休息的一棵树旁，它精心地护理，期望香蕉树上的香蕉很快成熟。可几天之后香蕉树就枯萎了，猴子想在自己小花园里享受甜甜的、熟透的香蕉的美梦破灭了。

海龟的香蕉树却在茁壮成长，几周之后就到了结果期。当果实成熟时，海龟可高兴了！

海龟很想知道猴子分得的那半棵香蕉树怎么样了。它心里很清楚，那是不会结果的，但出于好奇，它决定前去看望猴子朋友。

来到猴子家，只见朋友脸拉得长长的。"你为什么这样沮丧和不高兴？"海龟同情地问。

猴子无精打采地回答道："你没看到我的香蕉树死了吗？这就是我沮丧的原因。"过了一会儿。它问："你的香蕉树怎么样了？"

海龟掩饰住自己的喜悦，只是说："哦，长得很好，已经结果，香蕉现在都熟了，黄黄的，可诱人了。"

猴子十分嫉妒，怀疑地说："真不可思议，我可以去看看你的香蕉树吗？"

"当然可以，我的朋友，现在就跟我走吧！"海龟毫不犹豫地回答说。

来到海龟家，猴子看到香蕉树长得很茂盛，上面结满一串串黄黄的香蕉。

猴子很清楚海龟是爬不上香蕉树收获自己的果实的，于是，它问海龟："哦，朋友，能告诉我谁帮你上树收获这熟透的香蕉吗？"

"根据我们家的传统，我爷爷会上树收获的，"海龟回答道，"它有爬如此光滑树干的技术。"

"据我所知，你爷爷现在已经成残废，"猴子说，"我不认为它能爬上这棵树。"

"既然这样，我想我哥哥是会爬上去的。"海龟很自信地说。可猴子笑着说："你脑子有毛病了？你忘了？你哥哥看不见，所以它是干不了这活的。"

认识到形势的严重性，海龟变得沉默。猴子顽皮地建议道："我的朋友，你应该让我爬上香蕉树，我会为我们两个把熟透的香蕉摘下来的。"

海龟同意了猴子的建议，因为它想不出其他的办法。

猴子很快爬到香蕉树顶。它掰下一根根香蕉，自己去皮在树上吃了起来，把香蕉皮扔得地上到处都是。没几分钟，它就狼吞虎咽地快把所有熟透的香蕉吃完了。

海龟对猴子这一不友好和自私的行为感到非常气愤。它不能只站在那里眼看着它珍爱的香蕉被猴子这样吃光，于是它喊道："你干什么呢，我的朋友？你吃了这么多了，至少也该让我吃点儿呀。"

猴子光顾吃了，哪还顾得上海龟呀，连理都没理海龟。猴子继续吃还没吃完的熟香蕉，并把香蕉皮扔到海龟跟前。

受到猴子如此侮辱，海龟决定教训一下猴子。于是它从附近的灌木丛中找来一些蒺藜，撒在树干周围。然后，海龟恭敬地对猴子说："我的朋友，我想你应该吃饱了吧，为了你的安全，我建议你在听到狗叫之前赶紧从树上下来。"说完，海龟离去。

不一会儿，附近一条狗叫了起来。猴子听到了狗的叫声，它接受了海龟的建议，赶紧从香蕉树上往下爬。但由于吃的香蕉太多，肚子太沉，行动很是困难，它一下没有抓牢，失控掉到地上，正好掉到海龟撒在树下的蒺藜上，扎了他一身。它费了很大劲才从蒺藜中站起来，身上被蒺藜扎伤，疼得要命。它狠狠地回到自己的房子，嘴里不停地骂着诡计多端的海龟。

夜里猴子无法睡觉，因为它大部分时间都用来摘除扎在身上的蒺藜。与此同时，它正在琢磨如何报复它的海龟朋友。

第二天一大早猴子就起床，怀着不屈的决心对自己说："我要好好教训一下愚蠢的海龟。"于是，它朝海龟居住的地方出发。

猴子太累了，它并没有找到海龟，于是它蜷缩进一条小沟渠附近的一个农场的隐蔽处。实际上，它坐在了一个椰子壳上。可它一点都不知道，它的朋友海龟就在椰子壳里面。

海龟从椰子壳里使劲拽猴子的尾巴，吓得猴子不知所措，跳了起来。猴子朝椰子壳使劲踢了一脚，椰子壳翻了过来，原来海龟在里面。

"我从早上一直在到处找你，"生气的猴子吼叫道，"原来是你在椰子壳里拽我的尾巴！"

海龟什么也没说。猴子举起海龟，并威胁说："我要与你算账，惩罚你的恶劣行为。"

海龟温顺地回答道："毕竟你是我的朋友，你想怎么惩罚我？"

"我想在炽热的炭火上活活把你烤死。"猴子厉声道。

海龟假装不吃惊，它只是声音很低地说："那好呀，我喜欢红色，那会使我变得更加漂亮。"

猴子马上改变惩罚海龟的主意，威胁道："那我把你剁成碎块！"

海龟看上去还是无动于衷，它的回答让智力迟钝的猴子感到惊奇："我没意见，当你在砧板上剁我时，你会发现数个海龟在你周围爬动。"

猴子突然想出一个好主意，它高兴地喊道："我把你扔进河里。"

这正是海龟所希望的！但它按捺住内心的喜悦，哀求猴子说："我亲爱的朋友，我恳求你可怜可怜我，不要把我扔进河里！"

"你是我最不想可怜的动物，"猴子说道，"我怎么能忘记和原谅你对我所做的恶作剧？"

"请一定不要那样做，我求求你了，亲爱的朋友，"海龟恳求道，"把我放在炽热的炭火上烤了或剁成肉馅吧，看在上帝的面上，千万不要把我淹死在河里，我太害怕水了！"海龟哀求道。

猴子根本不听海龟的，它举起不幸的海龟，就将其扔进河里，可怜的海龟很快消失在漩涡中。猴子想，终于报仇了。就在猴子准备回家时，它听到来自水中的汨汨声，它惊奇地发现水面上海龟正用爪子抓着一条正在挣扎的大鱼。"猴子朋友，快看！"海龟喊道，好像猴子对它什么也没做似的，"谢谢你，我抓住一条大鱼。""哦，哦，我的朋友，"猴子说，"把鱼给我，让我们把它分了，我已经很久没吃鱼了。"海龟知道它报复猴子的机会终于来了，于是它挑战猴子说："你应该自己去抓一条比这更大的鱼，难道你就这么懒，老等着别人来喂你吗？"猴子感到受到侮辱，为了证明自己不懒，它一下跳进河里。可它不像海龟那样会游泳，当然被淹死了。海龟笑到了最后，它高兴地带着它的收获回家了。